KB119806

일기를
에세이로
바꾸는
법

끼적임이
울림이 되는
한 끗 차이

일기를
에세이로
바꾸는
법

이유미 지음

위즈덤하우스

part 1.

일기와 에세이의 한 끗 차이
: 무엇이 같고 무엇이 다를까?

part 2.

공감을 일으키는 방법
: 사소한 디테일이 쌓인 내 이야기

1 글감: 글감이 좋아야 글의 감이 좋아진다

2 인식: 쓰기에 대한 생각이 바뀌어야 글이 잘 써진다

3 습관: 사소하고 뻔하지만 반드시 필요한 일들

에세이를 쓰고 싶은 사람들을 위한
사소한 Q&A 20

part 1.

일기와 에세이의 한 끗 차이

: 무엇이 같고 무엇이 다를까?

01 내 이야기 쓰면 소설 한 권은 나와

일기는 최초로 쓰는 개인의 이야기

35살에 남편과 사별하고 우유 장사를 하며 두 딸을 키워온 여자가 있습니다. 30대에 혼자가 되다니. 그런 그녀보다 5살이 많은 지금의 저는 남편이 처음부터 없었으면 없었지 (그러니까 결혼을 안 했으면 모를까) 결혼하고 아이까지 둘인데 남편이 세상을 등졌다면 앞날이 너무 막막할 것 같습니다. 저의 우려와 달리 여자는 씩씩하게 두 딸을 무탈하게 키웠고 젊었을 때 적잖은 우여곡절이 있었지만, 지금은 나름대로 행복한 노년기를 보내고 있습니다. 그런 그녀가 때로는 사는 게 너무 고생스럽고 어이없는 일들이 비일비재해서, 엄마 말이 라면 사족을 못 쓰는 둘째 딸을 앉혀놓고 넋두리처럼 하는 말이 있었으니 바로 이겁니다.

"엄마가, 아빠 없이 너희 키운 얘기를 쓰면 소설 한 권은 나와."

눈치 채셨나요? 남들이 보기에 억척스럽고 여장군 같지만 여자 대 여자로 봤을 때 여리디 여린 사람. 그 여자가 바로 저희 엄마입니다. (엄마의 이야기를 그저 묵묵히 들어주던 둘째 딸은 저고요) 엄마의 입버릇 같은 저 말은 거짓이 아니었습니다. 직접 보고 경험한 일들을 떠올리며 언젠가 제가 한번 소설로 써보고 싶을 정도니까요. 참 파란만장했죠. (괜히 먼 산을 보게 되네요) '내 이야기 쓰면 소설 한 권 나온다'는 말은 비단 저희 엄마의 경우만은 아닙니다. 사람들은 여전히 자신의 이야기를 특별하고 각별하게 생각합니다. 나만 힘든 것 같고 내가 제일 우울한 것 같고 세상 그 누구보다 열심히 사는 것처럼 느껴집니다. 이런 경우 사람들은 두 가지 부류로 나뉩니다. 자신이 겪은 고생담을 노트에 끼적여보는 사람과 어우 피곤해하며 그냥 자는 사람. 이 책을 읽고 있는 당신은 아마도 전자겠죠?

일기는 많은 사람이 가장 최초로 경험하는 '연재'입니다. 일기를 안 쓰면 안 썼지, 한 번만 쓰는 사람은 없으니까요. 오늘 쓰고 꼭 내일이 아니어도 언젠가 다시 씁니다. 일기는 인간이 처음 쓰는 자기 자신, 즉 개인의 이야기입니다. 어떤 제약이나 법칙도 없어요. 물론 어릴 적에는 날짜, 날씨, 기분 등을 꼭 넣어야 했지만요. 어른이 된 우리는 날씨나 기분을 따로 빼지 않고 문장 속에 녹일 수 있는 탁월한 능력이 탑재되었습니다.

앞서 언급한 저희 엄마에게도 아주 두꺼운, 벽돌 일기장이 있었습니다. 말 그대로 딱 벽돌만 한 크기여서 제가 붙인 표현인데요. 딸깍하는 잠금장치를 풀어 일기장을 몰래 펼쳐본 날의 충격을 잊을 수 없습니다. 사실 내용은 기억나지 않지만 파란색 볼펜으로 빼곡하게 쓰인 일기장이었다는 기억만은 또렷해요. 엄마가 언제 이렇게 많은 글을 썼을까? 궁금하기도 했어요. 그러고 보니 제가 일기를 꽤 오랫동안 쓴 이유가 엄마에게 받은 영향도 없잖아 있는 듯합니다. 몇 해 전 엄마의 생신 선물로 그때를 떠올리며 일기장을 선물해드렸는데 지금도 쓰고 계신지는 모르겠네요. 다만 엄마가 일기를 계속 쓰셨으면 하는 바람만은 간절했어요. 일기를 써본 사람은 그 행복한 여운을 잘 알고 있으니까요.

02 오늘은 안 쓸 수가 없다!

일기는 언제 쓸까?

어제는 정말 짜증이 머리끝까지 났다. 해도 해도 너무한다는 생각이 들었다. 어떻게 푼 건 아니지만 그냥 어물쩡 풀리긴 했다. 오늘도 남편은 야근이라 혼자 아이 씻기고 재우고 빨래, 설거지, 청소…. 그나마 나는 회사에서 육체적으로 힘든 게 아니니 이 정도로 버티는 것 같다. 하긴 퇴근하고 두세 시간 아이랑 있는 건데 힘들어하면 안 되지…. 아이는 하루가 다르게 크고 있다. 오늘은 내가 '~하자'라고 하면 대답을 하는 듯했다. 봉봉이를 멍멍이라고 하고 이모도 얼추 비슷

하게 발음한다. 빨리 말을 했으면 좋겠다. (2016년 9월 5일 일기 중에서)

제 일기를 만천하에 (만천하라고 할 만큼 책이 많이 팔리면 좋겠습니다만) 공개하게 될 줄은 몰랐지만 어쨌거나 이건 제가 실제로 2016년 9월 5일에 쓴 일기입니다. 저는 중학교 때부터 일기를 썼고 아직도 씁니다. 다만 빈도수가 굉장히 뜸해졌죠. 전에는 일주일에 3일 이상 썼다면 요즘은 한 달에 두 번? 혹은 한 번 쓸 때도 있어요. 왜 그런가 하고 생각해보니 제가 언제부턴가 에세이를 쓰기 시작했더라고요. 에세이에 하고 싶은 말을 쏟아냈더니 따로 일기를 쓸 필요가 없어졌어요. 물론 일기와 에세이가 똑같다곤 할 순 없습니다. 저는 여전히 에세이에 쓰지 못하는 이야기를 일기에 몰래몰래 적고 있으니까요. 그래서 제가 언제 일기를 쓰는지 체크해봤습니다.

-속상하거나 짜증 날 때
-기쁠 때, 즉 자랑할 일이 생겼을 때
-아무에게도 털어놓지 못할 비밀이 생겼을 때
-말할 수 없이 우울할 때
-기억하고 싶은 일이 생겼을 때

-부치지 못할 편지를 쓰고 싶을 때 (편지 형식으로 씁니다)

-달라지고 싶을 때 (다짐이 필요할 때)

보시는 것처럼 주로 기분이 안 좋을 때 일기를 쓰고 있더군요. 왜 그럴까요? 털어놓고 싶기 때문입니다. 들어줄 사람이 없어도 상관없어요. 내 안에서 뱉어내는 게 목적이니까요. 일기장에 쏟아내면 기분이 나아진다는 걸 경험했기 때문이기도 하고요. 저는 일기를 쓰고 나면 "임금님 귀는 당나귀 귀!" 했던 옛날이야기 속 주인공이라도 된 것처럼 속이 후련해집니다. 저의 일기 패턴을 돌아보면 화가 날 정도로 누군가가 너무 미울 때 그에 대한 이야기를 마구 적고 나면 결론은 자기반성이 되더라는 겁니다. 참 희한했어요. 제 일기는 투정으로 시작해서 반성으로 끝납니다. 결국 제가 자기 전 품게 될 마지막 감정은 삶에 대한 긍정적인 자세에 가까워졌어요. 화가 나서 쓰기 시작했어도 말이죠. 이러니 일기를 안 쓸 수가 있나요?

03

손뻗으면
닿을 만한 거리에

접근이 쉬운 곳에 일기장을 둔다

퇴사 후 단 한 번도 후회한 적 없을 만큼 모든 게 좋았지만 그중에서도 뭐가 가장 좋은지를 꼽아보았습니다. 생각을 좀 해보니 뭐니 뭐니 해도 늦게 자도 된다는 거였어요. 출근할 때는 출근을 위해서 늦어도 밤 11시 전에는 반드시 잠을 자야 했는데 (저는 7, 8시간은 자야 다음 날 지장이 없거든요) 요즘은 밤 10시 30분부터 본격적인 저만의 시간이 시작된다고 할 정도로 늦은 시각에 책을 읽고 글을 써요. 세상과 단절된 느낌이 들 정도로 고요할 때 가장 집중이 잘 되더라고요. 보통은 새벽 두세 시에 잠듭니다. 제가 출근을 안 하니 덩달아 어린이집 등원 시간이 늦어진 아이는 잠드는 시간도 조금 늦춰졌는데, 전에는 저녁 8시 30분부터 잘 준비를 하고 재웠던 반면 요즘은 9시 30분에서 10시 사이에 잠을 잡니다. 어제도 잠들기 싫다는 아이를 달래고 달래서 10시쯤 재우고 방문을 조용히 닫고 거실로 나와 책을 읽기 시작했어요. 보통은 거실 테이블에 두세 권의 책을 가져다 놓고 돌려가면서 읽습니다. 김달님 작가의 『작별인사는 아직이에요』와 요조, 임경선 작가의 『여자로 살아가는 우리들에게』를 가져다 놓고 책을 읽는데 불현듯 일기가 쓰고 싶어졌어요.

사실 일기는 나의 그날 이야기를 적는 일기장이기도 하지만 단순히 뭔가 쓰고 싶어져 끼적이는 노트이기도 해요. 그래서 제 일기장은 늘 거실 테이블 아래 책꽂이에 꽂혀 있어요. (식탁 겸 소파 테이블로 쓰는 이 가구에는 기특하게도 책을 여러 권 꽂을 수 있는 선반이 있어요) 일기장은 흔하디흔한 몰스킨 노트예요. 엄지손톱만 한 자물쇠도 없이 밴드 하나로 여닫이를 마무리하는 방식의 일기장을 거실 한가운데 놓고 씁니다. 뭐 여러 가지 이유가 있지만 가장 큰 이유는 책을 읽는 장소와 가장 가깝기 때문입니다. 즉, 책을 읽다가 손을 뻗으면 닿을 만한 거리에 일기장을 두기로 한 거죠. 그래야 쓰고 싶을 때, 쓸 마음이 생겼을 때 바로 적을 수 있으니까요. 마침 일기가 쓰고 싶어졌는데 일기장이 방에 있으면 가기 귀찮아서 단념해버리기도 하거든요. 침실을 비롯한 방 여기저기에 놓아봤지만 저에겐 거실 테이블 책꽂이가 가장 맞춤 장소더군요.

물론 가족 중 누군가가 제 일기장을 보지 않는다는 전제 아래 가능합니다. 저야 아이를 키우는 입장이다 보니 집에선 침실 외에는 저만의 공간이 따로 없는 터라, 늦게까지 책을 읽을 수 있는 공간이 거실이 된 거고 그 거실에서 책과 어울려 놓을 수 있는 장소를 찾은 거죠. 만일 서재 같은 자기만의 공간이 따로 있다면 그곳에 독서 스팟(책이 가장 잘 읽히는 자리)을 정해놓고 그곳과 가까운 곳에 일기장을 두길 추천해요. 가능하면 읽기와 쓰기를 동시에 했으면 하는 바람이 있어, 내가 오늘 뭔가를 읽었으면 뭐가 됐든 쓰는, 써서 내 안의 누적된 뭔가를 배출하는 시간이 되었으면 좋겠어요. 그러다 보면 일기는 더 이상 부담되지 않고 쓰고 싶어서 쓰게 되는 재미로 다가올 것입니다.

04 과거의 내가
그리울 때

소설이 이보다 재미있을까?

가끔 일기장의 앞부분부터 다시 읽어보곤
하는데, 이게 살짝 위험할 수도 있습니다. 시간이 엄청 빨리 지
나가거든요! 지금 쓰고 있는 일기장의 처음 날짜를 살펴보니
무려 2016년이더라고요. 앞서 말했듯이 일기를 자주 안 쓰게
된 게 에세이를 쓰기 시작해서라고 했는데 그러다 보니 벌써
몇 년 치의 일기가 한 권에 쌓여가고 있었습니다. 앞부분을 휘
리릭 넘기다가 흥미로운(?) 숫자에 페이지를 넘기던 손을 멈췄
습니다. 2017년 여름이었는데 다름 아닌 당시 몸무게가 쓰여

있더라고요. 육아휴직을 마치고 회사에 복직한 뒤 몇 개월만에 다이어트를 결심한 저는 독한 마음을 먹고 병원을 찾아갔는데 당시 약 한 달 만에 5킬로그램 정도를 감량했거든요. 워낙 운동을 싫어해서 먹는 걸 줄이는 극단적인 방법을 썼는데, 당시 일기장에는 지금의 몸무게와 앞자리가 다른 숫자가 쓰여 있었고, 그 숫자 주변에 반짝이는 별들을 잔뜩 그려넣은 저는 '요즘 매일매일이 너무 행복하고 나 자신이 정말 마음에 든다'라고 썼더라고요. 원하는 만큼 몸무게를 줄인 제가 얼마나 행복해했는지 일기장에 쓴 몇 글자만 읽어도 당시의 기쁨이 전해지는 듯했습니다. 요요가 오지 않게 '잘 관리해야겠다'라는 제 다짐과 달리 현재는 다이어트를 하기 전보다 더 찌고 말았지만 '내가 이런 몸무게였던 적도 있었군' 하고 남 일처럼 고개를 끄덕였습니다.

사실 과거의 나를 회상하기에 일기장보다 더 명확한 방법으로 사진을 찾아보는 게 있죠. 요즘은 스마트폰으로 사진을 다 찍으니까 수백, 수천 장의 사진이 휴대전화 앨범에 저장돼 있잖아요. 아니나 다를까 저 또한 아이 낳은 뒤 가장 날씬했던 때의 제 모습이 궁금해져 앨범을 뒤져보았습니다. 턱선이 날렵하고 배에 군살이 없고 딱 붙는 바지도 잘 어울리던 때의 제가 모처럼 환하게 웃고 있었습니다. 일기장은 어떤가요? 사진이 있는 그대로의 모습을 보여준다면, 일기는 아까처럼 내가 내 자신을 얼마나 마음에 들어 하고 있었는지를 선명하게 글로 보여줍니다.

"뭘 해도 자신감이 붙는다. 뭐든 다 잘해낼 것 같은 용기가 생기는 게 참 신기하다."

다이어트를 성공했던 시절의 일기를 하나씩 읽고 있자니 시간이 훌쩍 지나갔습니다. 일부러 읽기를 멈추지 않으면 안 될 것 같아서 소리 나게 일기장을 탁 덮었어요. 소설이 이보다 재미있을까요? 일기는 주인공이 나입니다. 주인공이 생생히 앞에 있는 이야기가 허구의 소설에 비할까요?

05 나만 알아볼 수 있는 암호

내용과 별개로 기억하고 싶은 이벤트를
암호화해놓는다

일기장을 거실 한가운데에 있는 테이블 책꽂이에 놓는다고 말한 바 있듯이, 저는 제 일기장을 우리 가족 그 누구도 (그래봤자 남편과 아이지만 아이는 5살, 글을 읽을 줄 모릅니다) 읽지 않는다고 단단히 믿고 있습니다. 그럼에도 불구하고 일기 중간중간에는 나만 알 수 있는 암호를 넣어놓곤 해요. 구체적으로 그게 무엇을 의미하는지 여기서 밝힐 수는 없지만, 나 혼자만 보는 일기장에 나만 알 수 있는 암호를 넣어놓는 것이 묘한 재미를 주기도 하거든요. 그 암호들은 내용이 아니라 단어 혹은 숫자 같은 건데, 가령 '엘리베이터', '지하철'이거나 알파벳 'M'(이건 보통 여자들이라면 짐작할 수 있을지도 모르겠네요), '정말 최악' 등이고 사실 시간이 아주 많이 흐른 뒤에는 나조차 알 수 없는 암호도 분명 존재합니다. 우연히 과거 일기를 들춰보다가 '이게 과연 뭐였을까?' 고민하며 앞뒤 날짜의 일기를 다시 읽어봄으로써 그날의 이벤트(?)를 추측해보기도 하지요.

일기에 암호를 넣는 건 일기를 본격적으로 쓰기 시작한 학창시절부터 그랬어요. 지금 생각해보면 그땐 암호가 너 많았던 것 같아요. 왜냐하면 사춘기, 한창 비밀이 많을 시기니까요. 학교는 물론 학원에서 있었던 일을 혼자 암호화해서 넣어놓질 않나, 혹시라도 엄마나 언니가 내 일기장을 볼지도 모른단 생각에 엄마나 언니에 대한 험담을 혼자만 알 수 있는 기호로 심어놓기도 했어요. 정말 저는 왜 그랬던 걸까요? (웃음) 엄마는 누가 됐든 남의 일기장 보는 걸 굉장히 싫어하는 사람이었고 언니는 저에게 관심이 없었어요. 결과적으로 아무도 볼 사람이 없었던 거죠. 사람들은 보통 타인에게 별 관심이 없어요. (그러니 누가 볼까 걱정하지 말고 일기 씁시다!)

돌이켜보면 일기만큼 내 감정에 솔직해질 수 있는 매체가 없었어요. 지금이야 페이스북, 트위터, 인스타그램 같은 각종 SNS에 사람들이 본인 속내를 드러내곤 하지만 예전에는 그런 것도 없었던 터라, 내 깊은 이야기를 털어놓고 싶을 땐 일기장을 가장 먼저 떠올렸던 것 같아요. 고3 수험생 시절에는 오후 4시 반쯤 학교 수업을 마치고 (미대 입시를 준비하는 바람에) 미술학원에 가서 새벽 1시가 다 돼서야 집에 돌아오곤 했어요. 그날 있었던 일을 빨리 쓰고 싶어서 밥을 먹고 후다닥 씻은 다음 방에 들어가 책상 두 번째 서랍에서 일기장을 꺼내 펼쳤던 그 순간이 아직도 생생해요. 보통은 한 페이지 정도 쓰지만 (글자가 컸습니다) 그날 무슨 일이라도 있었다면 2~3페이지는 순식간에 넘어가곤 했던 일기장. 일기는 형제자매, 친구 이상으로 내게 든든한 힘을 주는 버팀목이었던 것 같아요.

06 보여주기 위해 쓴 일기

교환일기

        임경선과 요조가 쓴 『여자로 살아가는 우리들에게』를 읽었습니다. 이 책은 약 1년 전 네이버 오디오 클럽으로 두 저자가 주고받은 음성 일기를 책으로 묶은 거예요. 두 작가를 워낙 좋아하기도 하고 오디오 클럽으로 나올 당시 한 회도 빼놓지 않고 들었던 터라 (당연히 책으로 나올 줄 알았습니다만) 출간된 뒤에도 소장하고 싶어서 얼른 구매했어요. 귀로 들었던 내용을 활자로 다시 만날 때는 신기한 감각이 살아납니다. 당시 이 오디오 클럽을 들었던 공간의 분위기와 시간대,

그리고 날씨까지 생생히 떠오르거든요. 어쨌거나 아이를 등원시키고 집에 들어와 거실에서 이 책을 약 이틀에 걸쳐 모두 읽었습니다. 귀로 들을 때와 달리 책이니까 밑줄을 그어놓을 수 있어 좋더라고요. 마음이 잘 맞는 두 성인 여자가 나눈 일기의 내용은 참으로 버라이어티하고 뭉클합니다. 일, 사랑, 남자, 섹스, 돈 등 무엇 하나 빼놓을 수 없는 주제들이죠.

빨간 표지의 책을 착 덮고 나니 오래전 제가 썼던 교환일기가 생각났어요. 중학교 1, 2학년에 각기 다른 친구들과 (당시에 베프였던 친구들) 한 권의 일기장을 하루씩 번갈아 주고받으며 이야기를 써나갔죠. 단순히 친한 애라는 느낌과 교환일기를 주고받는 사이라는 건 좀 다른 면이 있어요. 어쩐지 더 비밀스럽고 긴밀한 관계처럼 여겨지거든요. 내성적이고 말수가 적었던 저는 친구가 다섯 손가락에 꼽을 정도밖에 없었는데 가장 친하다고 할 만한 내 친구가 다른 친구랑 놀고 있으면 어딘가 불안해지곤 했어요. 근데 그 친구가 저랑 교환일기를 주고받는 사이라면 덜 불안했던 것 같아요. 뭐랄까, 쟤가 저기서 저렇게 다른 애랑 놀고 있어도 결국에는 나랑 일기장으로 비밀을 알려주는 사이라는 걸 알기에 안심이 된달까요? 소심해서 쉽게 친구를 만들 수도 없고 워낙 친구가 없으니 몇 안 되는 친구와 안 좋게 멀어지기라도 하면 어쩌나 늘 조마조마했던 때였는데, 일기장이 그런 저와 친구를 단단히 묶어준 느낌이었어요. 성인이 된 다음에도 몇몇 사람들과 메일로 일기를 건네고 받았어요. 직장에 다니면서 결혼 생활에 적응하는 동안 친구와 나눈 그 일기는, 읽는 재미는 물론 적지 않은 의지가 되곤 했어요.

07 나의 3가지 일기

요즘 내가 쓰는 일기들

-하나, 노트 일기: "궁금해하는 사람 없어도 비밀스럽게"

중학생 때부터 쓴 일기로 우리가 익히 알고 있는 '일기장'에 쓰는 일기입니다. 저는 9년 전부터 몰스킨 다이어리를 썼는데 자물쇠 없는 평범한 노트지만 비밀스럽게 씁니다. 앞서 이야기 했듯이 일기장에 쓰는 일기는 생각날 때마다 쓰고 있는데 에세이 쓰는 게 일이 되면서부터는 그 횟수가 대폭 줄어 요즘은 한 달에 한두 번 정도 씁니다. 이 일기를 쓰는 타이밍은 주로 아이를 재워놓고 달콤한 독서에 빠지는 금요일 밤이나 토요일 밤, 불현듯 '일기장'이 생각나 쓰곤 해요. 읽기 시작하면 쓰고 싶은 욕망이 생기기 마련이니까, 저는 이걸 일기장에 풀어요. 최근 일기를 들춰보며 주로 어떤 이슈를 썼나 살펴보니 다이어트 다짐 혹은 진행 상황, 남편 흉보기 그리고 아이의 성장과 관련한 에피소드더라고요. 그밖에 언니와 소소한 말다툼으로 삐진 상태를 보고하는 (누구에게?) 용도나 친정 엄마의 잔소리 등이 있고 이벤트처럼 책 출간에 대한 자축 코멘트가 쓰여 있네요.

  -둘, 육아일기: "네가 기억 못해도 엄마가 기록할게"

  육아일기도 위의 노트 일기장에 적지만 별도의 육아일기장이 따로 있습니다. 가벼운 재생 종이에 손바닥만 한 사이즈로 제목 칸이 있고 그 아래 줄이 4개 정도 있어 아주 간략하게 요점만 적을 수 있어요. 이 일기도 지금은 날마다 쓰진 못하지만 육아 휴직으로 집에서 아이를 돌볼 때는 거의 매일 썼습니다. 여기에는 많은 내용을 적기보다 그날그날 아이에게서 발견한 아주 사소한 것들을 적어요. '처음으로 바나나 하나를 혼자 다 먹은 날', '빨대 컵 성공!', '세발자전거의 보조 바퀴를 떼달라고 했다' 등 당시는 별거 아닐지 몰라도 지나고 보면 '아, 이때부터 말을 하기 시작했구나', '이때부터 밥을 혼자 먹었구나' 하고 떠올릴 수 있어 주변에 아이 키우는 엄마들에게 귀찮아도 꼭 써보라고 적극 권장하고 있습니다.

-셋, 메모장 일기: "오늘 쓰는 어제"

메모장 일기는 말 그대로 노트북 메모장에 적는 일기입니다. 이 일기를 쓴 지 얼추 1년이 다 돼가는데 주말을 제외하고 거의 '날마다' 썼어요. 이 일기의 부제는 '오늘 쓰는 어제'입니다. 똑같은 시간에 일어나 회사를 가고 집에 와서 살림을 하는 것처럼 같은 하루하루의 반복 같지만 결코 그렇지 않다는 걸 스스로가 기록하고 싶어서 쓰기 시작했죠. 밤에 쓰는 건 현실적으로 불가능해 출근해서 쓰곤 했는데 약간의 강제성을 띄기 위해 스마트폰으로 오전 8시 30분 알람을 맞춰뒀습니다. 회사 다닐 때 8시에 출근해 자리에 앉아 노트북을 켜고 커피 한 잔 뽑아 자리에 앉을 때쯤이면 알람이 울려요. 그럼 하던 일을 중단하고 새 메모장을 열어 오늘 아닌 어제의 일기를 씁니다. 시간이 많이 지나지 않았으니 기억도 거의 명확하고 잘 쓰려고 하기보다 메모처럼 간략하게 적는 거라 부담도 없어요. 게다가 이 일기는 제가 쓰는 에세이의 자양분이 됐습니다.

08 아니 왜 일기를 여기다 썼어?

일기 아닌 에세이를 쓸 때 염두에 둘 것

오래전 한창 에세이 쓰기에 막 재미를 붙였을 때였습니다. 어떤 내용을 쓸까 하다가 사회 초년생 시절 다녔던 직장에서의 일을 썼어요. 그 에피소드는 직장 생활을 꾸준히 하는 동안 쉽게 잊히지 않던 상사의 말로 시작됩니다.

"성실한 게 무기야?"

제가 좀 성실한 편인데, 당시 제 직장 상사가 저의 성실함을 장점이 아닌 단점으로 지적했고 그것에 대한 분통함을 토로한 거였죠. 시간이 흘렀으니 쓸 수 있는 소재이기도 했어요. 그 에세이를 제 브런치에 올렸고 한 매체에서 그 글을 가져가 사이트에 올려도 되겠냐고 문의를 했어요. 더 많은 사람이 읽는다는데 글 쓰는 사람으로서 거절할 이유는 없죠. 흔쾌히 수락했습니다. 그때 처음 댓글로 이런 내용을 접합니다.

"애는 왜 일기를 여기에 썼어?"

다소 충격적이었어요. 그 전까지 제 에세이에 대해 좋다는 소리만 들었는데 누군가 일침을 놓은 거죠. 어쩌면 그건 팩트였습니다. 누군가에겐 제 글이 충분히 일기로 읽힐 수 있다는 걸 깨달은 시초였어요. 안 좋은 댓글이 달렸으니 심장이 콩닥콩닥 뛰고 겨드랑이에서 땀이 나더라고요. 제가 마치 큰 죄를 지은 것 마냥 주눅이 들었어요. 곰곰이 생각했습니다. 그 사람에겐 왜 내 글이 일기로 느껴졌을까? 제가 내린 결론은 '그가 내 이야기에 공감하지 못했기 때문이 아니었을까?'였어요. 내가 겪은 일을 쓰면서도 거기서 얻은 나름의 의미가 있어야 했다는 거죠. 모두가 공감할 만한 폭넓은 의미의 깨달음, 의미가 아무리 작고 사소해도 타인이 내 이야기에 공감할 수 있는 포

인트는 있어야 했는데 제 글에는 그게 빠진 거예요. 있는 그대로의 사건을 쭉 나열한 것뿐이었어요. 당시의 억울함, 상사에 대한 원망 등을 쭉 쓰고 "내가 잘못한 게 아니죠? 나 좀 위로해주세요"가 됐던 거예요. 에세이를 써야 할 자리에 일기를 썼다는 반응을 백퍼센트 인정할 순 없지만 어느 정도 납득이 되더라고요.

(악플에 상처받지 않는 팁: 댓글을 다는 사람들의 의견이 모두 맞는 건 아니에요. 따라서 모든 걸 인정할 필요는 없어요. 더군다나 악플 쓰는 사람들의 대부분은 글을 끝까지 읽지 않고 쓰는 사람이 많아요. 저는 악플 중에서도 고개가 끄덕여지는 대목이 있긴 하더라고요. 그런 건 "그럴 수도 있겠네"라고 가볍게 받아들이고 넘겨버리세요!)

09

오늘도 의식의 흐름대로 썼다면?

일기와 에세이의 차이점 1

그렇다면 이쯤에서 일기와 에세이가 어떻게 다른지 속 시원히(?) 얘기해볼게요. 단도직입적으로 말하자면 일기는 의식의 흐름대로 쓴 글입니다. 형식이 없잖아요. 일기는 정말 내 마음대로 쓰는 글이니까, 기쁘고 슬프고 화나고 짜증 나고 우울한 감정을 시간 순서대로 쭉 쓴 거예요. 한 단어, 한 줄로 끝나도 누가 뭐라고 하나요? 아무도 뭐라 하는 사람이 없습니다. 일기를 쓰면서 기승전결을 나눠서 '여기서 임팩트 있게 탁 치고 나가서 말미에 감동을 주자'라고 구상하며 쓰진 않잖아요. 하지만 에세이는 좀 다르죠. 내가 느낀 감정에 대해 구체적인 사례를 들어야 해요. 문장과 문장 사이에 맥락도 있어야 하고 그 에피소드를 있는 그대로 쓰는 것에서 마무리 짓는 것이 아니라 (여기서 마무리 지으면 일기가 되겠죠?) 내가 왜 그런 감정을 느꼈는가, 즉 왜 화가 났는지 왜 감동적이었는지를 '깨닫는 과정'을 한 번 더 정리할 필요가 있다는 거죠. 이 과정에서 독자들은 공감을 해요. 사건을 겪는 건 '나'지만 그 사건을 통해 생기는 감정은 꼭 개인 한 사람만의 것은 아니잖아요. 그러니까 그런 공통된 감정을 이야기해줘야 된다는 겁니다.

사람들은 타인의 에세이를 읽으면서 은연중에 자신을 투영해요. 그러면서 '아, 나도 이런 적 있는데!'라고 하죠. 그런 횟수가 잦아질수록 그 작가의 팬이 될 확률이 높아집니다. 하지만 사건이라는 게 내가 탄 비행기가 추락하고 아프리카에서 사자에게 물리는 엄청난 큰 사건이라면 공감대가 낮아지겠죠. 그런 경험은 영화에서나 벌어질 법하니까요. 그러니 일상의 소소한 사건을 이야기할수록 사람들은 많이 공감할 거예요. 자잘한 스토리라고 무시하지 마세요. 스타 작가들은 그런 작은 이야기를 잘 써서 되는 거랍니다.

10 독자가 있는 글과 없는 글

일기와 에세이의 차이점 2

           일기와 에세이의 차이점에 대해 더 이야기 해볼게요. 이 부분을 읽으시면 차이점이 더 또렷해질 거예요. 일기와 에세이는 쓰는 사람과 읽는 사람의 차이입니다. 다시 말해 일기는 쓰는 사람(나) 중심이고 에세이는 읽는 사람(독자) 중심의 글이에요. 우리는 일기를 어떻게 하면 더 잘 쓸까에 대해 고민하진 않아요. 왜 그럴까요? 바로 나 혼자 보는 글이기 때문입니다. 독자는 나뿐이에요. 일기는 오히려 누가 보지 않길 바라는 글이잖아요. 그래서 우리는 일기장에 자물쇠를 걸어놓고 서랍 깊숙한 곳 아무도 찾지 못하는 장소에 숨겨놔요. 누가 보면 큰일 나죠!

하지만 에세이를 써서 장롱 위에 올려놓으면 될까요? 에세이는 목적이 있는 글이에요. 누군가가 읽길 바라는 마음에 씁니다. 즉, 독자가 있다는 거고 그 독자에게 어떻게 하면 더 잘 읽힐지를 고민해요. 그래서 문장을 손보고 문체를 고민하고 자극적인 에피소드를 생각하거나 다른 책에서 좋은 글귀를 인용해 넣는 거예요. '뭘 좋아할지 몰라서 다 가져왔어요' 하는 마음으로요. 물론 많은 내용이 있다고 해서 반드시 좋은 에세이는 아닙니다. 에세이가 읽는 사람 중심의 글이기 때문에 사람들이 흥미로워할 글감을 찾고 요즘의 이슈에 대해 떠올려보기도 하는 거예요.

11 지극히 주관적인
구분입니다만

일기와 에세이의 차이점 3

지극히 주관적이지만 차이를 한눈에 확인할 수 있게 나눠봤어요.

일기	VS	에세이
나만 보는 글		남이 읽는 글 (독자가 있다)
문맥이 필요 없다		문맥이 있어야 한다
문체가 필요 없다		자신만의 문체가 필요하다
자료 조사가 필요 없다		취재, 인용, 주장, 정보가 필요하다

메모X (일기 쓰려고 메모하진 않는다)	반드시 소재를 메모해야 한다
모호해도 상관없다	모호하면 안 된다
날마다 쓸 필요 없다	날마다 쓰면 좋다 (눈에 띄는 실력 향상)
남의 의견이 없다	댓글이 달리기도 한다
상처의 치유	(때로는) 상처를 받을 수도 있다
반성하게 된다	자기주장이 확실해진다
사례가 필요 없다	사례가 풍부할수록 좋다
분량 제한 없다	분량 A4 1장~2장 (대략)
하루에 관한 이야기	요즘 나의 관심사, 세상 이슈
내가 포함된 이야기	내가 없어도 되는 이야기

12

마음이 기우는 건
솔직한 쪽

일기와 에세이의 공통점

자, 그렇다면 올 것이 왔습니다. 일기와 에세이의 공통점이 없다면 우리가 굳이 이 둘을 헷갈려하지 않았겠죠? 여러분은 일기와 에세이의 공통점이 뭐라고 생각하세요? 제가 결론 낸 이 둘의 공통점은 바로 '솔직'입니다. 일기는 솔직하지 않을 이유가 없고 에세이는 솔직한 편이 낫습니다. 일기를 거짓으로 쓰진 않습니다. 거짓을 말하려거든 소설을 쓰는 게 이롭습니다. 일기를 거짓으로 쓴 적이 없진 않을 거예요. 학창시절 일기를 선생님께 보여주고 검사받을 땐 (지금 생각하면 정말 말도 안 되는!) 간혹 일기를 지어서 쓰기도 했으니까요. 하지만 근본적인 일기에 접근했을 때 솔직하게 쓰지 않을 이유가 없죠?

에세이도 그렇습니다. 에세이 좀 읽어본 분들은 좋아하는 저자가 한두 명쯤 있을 텐데요. 그들의 책을 왜 좋아하는지 한번 떠올려보세요. 그 작가들이 자신의 삶을 멋지게 포장해서 좋아하나요? 허세 가득한 자신의 일상을 자랑해서 팬이 되었나요? 아니죠! 너무 솔직하게 자신을 내려놓고 있는 그대로를 이야기했기 때문에 그 작가의 책이 나오면 제목도 보지 않고 서점으로 달려가는 겁니다. 나와 별로 다르지 않은 작가의 일상에서 공감을 얻고 위로를 받기 때문에 그들의 책에 밑줄을 긋고 페이지를 찍어서 SNS에 퍼트리는 거죠. '이 작가라는 사람이 나와 같은 생각을 하고 있다!'라고요.

소설과 달리 에세이는 솔직하게 써야 합니다. 저는 이 부분을 몸소 체험한 사람 중 하나예요. 팬이 아주 많은 작가는 아니지만 몇 권의 에세이를 내보니 나를 많이 내려놓고, 옆집 사는 언니처럼, 우리 회사에 짱 박혀 있는 동료처럼, 한 동네 사는 또래 엄마처럼 받아들여질 때 제 글을 좋아하는 독자는 늘더라고요. 종종 제 에세이를 읽은 독자들이 책을 읽은 게 아니라 친구랑 카페에서 커피를 앞에 두고 수다 떤 것 같다고 후기를 남겨주기도 하는데, 문장이 수려해서 좋다는 것보다 (물론 이런 후기도 매우 반갑습니다) 이런 감상에 저는 맘이 기울더라고요.

13 마음의 찌꺼기를 에세이로 갈아버리자

일기? 에세이? 뭘 써도 남는 글!

일기와 에세이의 차이점과 공통점에 대해 털어놓았습니다. 여기까지 읽고 자칫 오해하는 분들이 있을 수 있을 것 같아요. "아니 그럼 일기는 그만 쓰고 에세이를 쓰란 소린가?" 그렇지 않습니다. 저는 이 두 가지 방식을 모두 추천합니다. 우선 일기와 에세이 모두 글쓰기입니다. 오늘 아침에도 여느 날처럼 6시 20분에 일어나서 출근했던 나의 이야기를 쓰든, 우리 회사 사내 커플의 이슈를 다루든 여기서 중요한 것은 뭐라도 쓴다는 거예요. 두 가지 글쓰기 방식이 나에게 줄 수 있는 영향력이 다를 뿐이죠.

　일기가 있는 그대로, 의식의 흐름대로 쓴다고 해서 나쁘다는 게 아닙니다. 일기는 꾸준한 글쓰기의 시조새예요. 제가 처음에도 언급했듯이 연재의 시작점에 일기가 있습니다. 일기 즉 매일을 기록한다는 건 날마다 꾸준히 쓴다는 거잖아요. 맥락과 문체를 고민해야 하는 에세이 쓰기보단 일기로 쓰기의 감을 잃지 않는 것도 빼놓을 수 없는 글쓰기 방법이에요. 더 나아가서 뭔가 내 글이 한 단계 업그레이드되는 감격을 만끽해보고 싶다면 에세이로 발전시켜보는 거죠. 다음은 영화〈리스본행 야간열차〉의 원작자가 쓴 『페터 비에리의 교양 수업』에 나오는 한 대목입니다.

　"우리는 언제 어디선가 주워들은 조각난 말과 생각의 찌꺼기들을 되풀이하는 자괴감의 일상에서 벗어나, 큰 관심과 넓은 시야로 세상과 자기 자신에 대해 이야기하는 사람, 즉 교양인이 된다."

　딱히 교양인이 돼야겠단 생각은 아니지만 실제로 이런 일이 있었습니다. 직장에서 친하게 지내는 동료가 어느 날 저에게 상처가 될 만한 말과 행동을 했어요. 저는 그 친구의 행동을 이해하기 힘들었지만 대놓고 물어보지도 못하고 끙끙거리다 퇴근을 했습니다. 처음에는 '걔가 나한테 왜 그랬을까?'로 시작했지만 나중에는 속으로 그 친구를 욕하고 있는 저를 발견했어요. 페터 비에리의 말처럼 "조각난 말과 생각의 찌꺼기를 되풀이"한 거죠. 그러고 나면 속이 개운해지나요? 절대 그렇지 않습니다. 소화는 안 되고 억울하고 분한 감정만 늘어갈 뿐이에요. 저는 그날 밤 자려고 누웠다가 이불을 박차고 일어나 거실에 나가 노트북을 켰습니다. 밤 11시가 넘은 시각이었는데 타닥타닥 키보드를 두드리기 시작했어요. 손이 자동으로 움직였어요. 그건 일기가 아니었습니다. 에세이를 써서 그날의 일을 글감으로 응용했어요. 일기로 썼다면 저 혼자 위로받고 끝났을 테지만 에세이로 남기면 나중에 제 브런치에 포스팅할 수 있는 콘텐츠도 되고, 책에 실을 한 꼭지가 될 수도 있으니까요.

내가 그날 느낀 억울함과 분노를 내 안에서 해소하고 정리한 게 아니라 독자가 공감할 만한 에피소드로 성장시킨 거예요. 그 밤 에세이 한편을 쓰면서 이런저런 책을 뒤적였어요. 그친구의 심리가 궁금해서 집에 있는 심리학 책도 뒤져보고 나는 왜 이런 관계가 어려운지 알고 싶어서 관계학에 대한 책도

찾아봤어요. (뒤에도 나오지만 다양한 책을 곁에 두면 이렇게 쓸모 있습니다)

　일기에서 끝났더라면 이런 서적까지 뒤적이진 않았겠죠? 저는 저의 감정을 글감으로 활용했어요. 자괴감을 맛본 일상에서 벗어나 더 큰 관심으로 사람과 세상을 보고 이해하려고 한 거예요. 무려 4페이지가 넘는 글을 쓰고 노트북을 덮는데 그렇게 뿌듯할 수가 없었어요. 무엇보다 그 동료에 대한 원망이 사라졌다는 것도 깨달았고요. 다음 날 출근길에 야채주스를 두 개 사서 그 동료의 책상에 하나 놓고 왔어요. 대단한 발전 아닌가요?

part 2.

공감을
일으키는 방법

: 사소한 디테일이 쌓인 내 이야기

1:

글감

글감이 좋아야
글의 감이
좋아진다

01 나를 나에게서 분리해보세요

세상을 관찰하고 세상을 보는 나를 관찰한다

본격적으로 에세이를 어떻게 써야 하는지 알아보는 파트에 들어왔네요. 글은 '쓰면서 배운다'라는 말이 있습니다. 저는 이 말을 거의 신봉하듯 명심하고 있어요. 왜냐하면 직접 체득했기 때문이랄까요? 글은 쓰지 않고는 배울 수 없습니다. 뭐라도 써보라는 말이 때로는 되게 성의 없게 들릴지 모르지만 그만 한 가르침도 없어요. 써보지 않으면 알 길이 없는 게 바로 글쓰기입니다. 에세이를 어떻게 써야 하는지에 대한 구체적인 진입 단계에서 '관찰'을 가장 앞에 둔 이유는 그만큼 중요하기 때문입니다.

　관찰은 사물이나 현상을 주의하여 자세히 살펴본다는 뜻으로 진득하게 바라보면 되는 것이니 어떤 면에선 쉽게 들려요. 하지만 에세이를 쓸 때는 그냥 보기만 해선 안 됩니다. 예를 들어 형광펜에 대한 에세이를 쓴다고 하면 형광펜의 사용법이나 색상별 특징 등을 나열할 수도 있지만 가장 중요한 것은 내가 그 물건을 어떻게 사용하느냐가 관건이에요. 아래 글은 제가 『샘터』에 연재한 글 중 형광펜에 대한 글의 일부예요.

　"책을 읽을 때 손에 펜이 있고 없고의 차이에 따라 밑줄의 양이 달라진다. 나는 밑줄을 그을 수 없는 상황에는 (지하철이나 버스에서 독서할 때) 도그지어(dog's ear, 책장의 한쪽 귀퉁이를 삼각형으로 접어놓는 일)를 해놓고 나중에 책상에 앉아 그 페이지를 다시 훑어보며 내가 밑줄 그으려고 했던 부분이 어딘지 찾아 밑줄을 그어놓는다. 하지만 애초에 펜을 쥐고 독서를 하면 펜이 없을 땐 긋지 않았을지도 모르는 문장에도 밑줄을 긋는다. 그러니까 형광펜이 밑줄을 늘려준다."

　자, 사물이 아닌 현상에 대해 쓸 때도 마찬가지입니다. 그

현상을 바라보는 자신의 입장을 관찰해야 해요. 즉 나에서 나를 분리해 제3자 보듯이 하는 것입니다. 그렇게 분리하면 내가 그 현상을 객관적으로도 볼 수 있고 한 발짝 떨어져서 현상을 파악하니 세상을 보는 시야가 넓어지겠죠?

02 대단한 걸 쓰려고
하지 마세요

지극히 사소한 것도 글감이 된다

            많은 분들이 특별한 글을 쓰고 싶어 합니다. 기발하고 참신해서 사람들의 주목을 받으면 더 좋겠다고 생각하죠. 그러면서 대단히 거창한 이슈를 찾아 헤맵니다. 하지만 살면서 개인이 쓸 수 있는 거창한 이슈란 그리 자주 생기지 않아요. 대박 글감을 기다리고 있다가는 아무것도 쓰지 못하고 노트북을 닫아버리는 날이 더 많다는 겁니다. 그러면서 입버릇처럼 말합니다. 쓸 게 없다고. 우리는 소소하고 별것 아닌 이야기를 써야 해요. 그러면 더 자주 쓸 수 있습니다. 우리

주변에 사소한 일들은 차고 넘치게 일어나고 있으니까요. 그래서 저는 이런 별거 아닌 글감이 떠오를 때마다 메모를 해놓습니다. 노트북에도 포스트잇 기능이 있잖아요. 일하다가 문득문득 사소한 글감이 떠오르면 거기에 바로 적어두는데 덕지덕지 붙은 포스트잇을 보면 괜히 뿌듯하기까지 합니다. '아, 쓸 거리가 많군!' 하게 되니까요. 제가 메모해둔 사소한 글감을 살짝 공개할까요?

　

- 명절에 시댁에서 설거지하는 남편을 뜯어말리는 건 남자보다 여자가 많았다.
- 나는 왜 아침마다 신발장 앞에서 구두를 째려볼까?
- 엄마는 너보다 엄마가 우선이야.
- 선물을 아무렇게나 간수하는 사람
- 역시 가장 기분 좋은 때는 하기 싫은 일을 했을 때야.
- 저 사람은 호환 가능한 사람이구나.
- 쇼핑을 두 달째 안 하고 있다. 언제까지 버틸 수 있을까?

　

영화 〈미드나잇 인 파리〉에 이런 대사가 나옵니다. "영 아닌 소재는 없소. 내용만 진실되다면, 문장이 간결하고 꾸밈없다면." 글감은 어디까지나 소재, 재료예요. 어떤 글의 시발점입니다. 제가 적어놓은 글감이니 저 정도만 보고도 '어떤 이야기를 쓰고 싶었구나' 하고 떠오를 거예요. (그렇지 않을 때도 물론 있습니다) 중요한 것은 대단한 것을 쓰려고 기다리지 말라는 거죠. 순간 스치듯 지나가는 감정, 생각, 아이디어 등을 흘려보내지 않아야 해요. 어떻게든 잡아서 적어놓으세요. 제가 써놓은 저 글감을 보세요. 여러분도 한 번쯤 생각했던 것들, 느꼈던 감정 아닌가요? 한 편의 소설도 읽는 사람이 10명이면 10개의 소설이 된다고 해요. 소재가 같아도 누가 쓰느냐에 따라 이야기는 달라집니다.

03 사소한 걸 구체적으로 쓰세요

삶은 디테일이 없으면 아무것도 아니다

위 문장은 카피라이터 헬 스테빈스가 한 말입니다. 사소한 글감에 대한 이야기를 좀 더 해볼까요? 글감이 단순해도 얼마나 깊이 들어가 구체적으로 쓰느냐에 따라 글의 윤곽이 달라집니다. 구체적으로 쓴다는 것은 친절하다는 것이고 독자를 배려한다는 뜻입니다. 그런 글이 독자에게 미움받을 일은 거의 없죠. 러시아의 소설가 안톤 체호프는 "달이 빛난다고 하지 말고 깨진 유리조각에 반짝이는 한 줄기 빛을 보여줘라"고 했습니다. 글을 읽는 동시에 독자의 머릿속에 작가가 묘사하려는 상황이 그려지면 독자는 그 글에 푹 빠져 읽게 되죠. 한편 안도현 시인은 "삼겹살 먹을 때 제발 고기 좀 뒤집어라!"고 말했습니다. 그 이유가 뭘까요? 고기 굽는 게 지겨워서 그러셨을까요? 회식할 때 고기를 굽는 사람만 굽고 안 굽는 사람은 끝까지 안 굽습니다. 고기 굽는 자에게 복이 있나니! 이 글을 읽은 다음부터는 삼겹살 굽겠다고 자진하세요. 왜냐고요? 삽겹살을 구워봐야 고기 색의 변화, 불판이 지글지글 타는 모습, 깔아놓은 김치가 삼겹살 기름에 튀겨지듯 익어가는 풍경, 몇 분 정도 구웠을 때 가장 맛있는지가 생생하게 내 것이 됩니다.

우리는 매사를 쓰기 위한 소스로 생각해야 해요. 남이 구워놓은 것만 날름날름 먹는다면 이 버라이어티한 경험을 구체적으로 풀어낼 재간이 없지 않을까요? 황현산 문학평론가는 "작은 조언도 큰 이론도 자신의 몸으로 영접하지 않는 한 자신의 앎이 되지 않는다"라고 했습니다. 체득한 경험이 가장 큰 재산이라고 하죠. 자, 오늘부터는 회식 때 불판 앞에 앉으세요. 집게를 들고 고기를 뒤집으며 관찰하세요. 쓸 거리가 늘어났다는 생각에 삼겹살이 입으로 들어가는지 코로 들어가는지도 모를 겁니다.

04 메시지가있는
글이어야해요

의미를 의도해보는 연습을 한다

무라카미 하루키가 스크랩한 기사들을 소
재로 산문을 쓴 책 『더 스크랩』 서문에서 그는 자신이 스크랩
한 기사들은 대부분 별로 중요하지 않은 이야기라 읽고 난 뒤
시야가 넓어지거나 인간성이 좋아지지 않으니 대충 읽어도 된
다고 말합니다. 하루키의 소설만큼이나 에세이를 좋아하는 저
는 그의 글에 녹아 있는 저런 분위기가 좋아요. 후루룩 읽고 끝
나도 된다는 느낌. 그럼에도 다음 페이지가 궁금해지는 건 그
의 글에서 오는 시크한 기운 같은 걸 계속 받고 싶어서일지도

모릅니다.

오래전 최민석 작가가 에세이에 대해 한 말 중 '에세이는 그저 한 번 읽으면 끝인 글'이라는 말과 어느 정도 통하는 부분이 있죠. 앞서 구체성에 대한 이야기는 소재의 깊이에 대한 이야기지, 글 전체가 주는 교훈 같은 것과는 상관이 없는데요. 저 또한 에세이에서 대단한 교훈을 얻으려고 하지 않고 너무 가르치려고 드는 에세이는 거부감이 들더라고요. 그렇다고 일기처럼 의식의 흐름대로 그냥 쭉 나열하는 식도 아닌 것 같습니다. 어느 정도 의미는 내포해야 된다는 뜻인데요. 쉽게 말해서 어떤 에세이를 읽고 너무 좋아서 그걸 친구한테 한번 읽어보라고 권할 때 간단히 한 줄 정도로 요약할 수 있는 의미가 있어야 한다는 겁니다. "이거 한번 읽어봐" 하고 친구한테 건넸을 때 "이게 뭔데?"라고 물어보면 대답할 수 있는 글을 써야 한다는 거죠.

문체가 좋다거나 가독성이 뛰어나다는 것도 읽기를 권유하는 이유가 될 수 있지만 글이 주는 메시지 또한 에세이를 쓸 때 염두에 두어야 합니다. 하다못해 임팩트를 줄 수 있는 한 줄, 즉 독자가 자연스럽게 펜을 꺼내서 밑줄을 긋게 만들 만한 문장이 하나쯤은 있어야 합니다. (저도 매번 그런 글을 쓰진 못하지만요) 그러자면 자신이 쓰고자 하는 상황에 대해 진지하게 곱씹어 생각하고 쓰는 연습이 필요합니다.

05

언제나
뭉클하길

영화, 책, 드라마, SNS 이슈 등 다양한 일에
감응할 것

카피라이팅 강의나 강연을 할 때 이따금
책 추천을 받는데요. 빼놓지 않고 권하는 책 중에 마스다 미리
의 『뭉클하면 안 되나요?』가 있습니다. 뭉클하다는 것은 뭔가
에 감응하는 걸 뜻하는데 이 책은 주인공이 일상의 소소한 상
황들에서 느끼는 뭉클함을 잔잔하게 그리고 있어요. 사실 '뭉
클하다'의 사전적 의미는 슬픔 쪽에 가깝지만 이 책에서 의미
하는 뭉클은 '연륜 있는 심쿵'에 가까워요. 좀 더 묵직한 설렘
이겠죠? 이 책을 왜 카피라이팅 강의에서 권하느냐면 감응력

에 도움이 되기 때문입니다.

우리는 흔히 별거 없는 하루라며 커다란 에피소드가 없으면 아무 일도 일어나지 않았던 것처럼 말하는데요. 이 책에서 그리는 에피소드를 보면 우리가 한 번쯤 겪어봤을 상황에 대해 주인공이 감응하며 짠해하고, 감동하고, 설레는 걸 알 수 있어요. 그러니까 우리가 느끼고자 하면 다양한 일에 대해 말하고 쓸 수 있다는 얘기죠. 하지만 평소 감응력이 떨어지면 뻔하고 사소하단 이유로 매사를 그냥 넘겨버리기 일수예요. 그러면 글감 찾기는 더 어려워집니다. 에세이를 쓰고자 마음먹었다면 순간의 감정을 그냥 흘려보내지 말아야 해요.

『뭉클하면 안 되나요?』에 이런 에피소드가 나옵니다. 어느 더운 여름날 어떤 남자와 카페에서 미팅을 하는데 그가 주머니에서 손수건을 꺼내요. 깔끔하게 다림질된 청결해 보이는 손수건. 순간 그걸 본 주인공은 남자가 직접 손수건을 다렸을 리는 없다고 판단하고 (사실 이건 좀 구시대적 발상이죠) 이 남자에게 여자(아내)가 있다고 결론 내려요. 그랬더니 그가 더 어른스럽고 남자다워 보였다는 거죠. 누구나 재킷 주머니에 손수건이 있을 수 있습니다. 그런데 그걸 보고 그냥 지나치지 않고 감응

하며 메시지를 찾은 거죠. (결국 한 편의 글이 됐고요)

　　감응한다는 건 공감하는 것과 크게 다르지 않습니다. 카피를 쓰든 에세이를 쓰든 공감력은 매우 중요해요. 저 같은 세일즈 카피를 쓰는 사람이 상대방의 입장이 되지 않으면 그 사람에게 필요한 물건을 팔기란 쉽지 않기 때문이죠. 『뭉클하면 안 되나요?』는 실제로 그 어떤 카피 관련 실용서보다 저에게 많은 도움이 되었어요.

2:
인식

쓰기에 대한 생각이
바뀌어야
글이 잘 써진다

01 읽고 싶은 글이 있다면 직접 써보세요

닮고 싶은 작가의 글을 필사해본다

저는 거의 매일 아침 온라인 서점 사이트에 접속합니다. 창을 여러 개 띄워놓을 수 있으니 서점 사이트는 닫지 않고 계속 켜둬요. 수시로 들어가니까요. 일하다가 졸릴 때도 서점 사이트를 열면 잠이 싹 달아납니다. 가장 먼저 신간을 살펴보고 또 누군가가 추천한 책을 보고 예스24의 '채널예스' 같은 책 관련 콘텐츠를 둘러보며, 읽고 싶은 책을 장바구니에 담아둡니다. 지금 보니 서점 사이트 장바구니에 담긴 책이 300권이 넘네요.

책을 좋아하는 사람이라면 누구나 선택의 기준이 있을 거예요. 저는 한국소설과 에세이를 편애했는데 그중에서도 제가 공감할 수 있는 잔잔한 일상을 다룬 소설이나 직장 이야기를 다룬 회사물(?)을 좋아했어요. 그리고 또 하나의 기준은 내가 쓸수 있을 법한 수준의 책이에요. 독서의 양이 늘면 읽고 싶은 책이 명확해져요. 그런 책을 단번에 알아보는 시각도 또렷해지고요. 독자에서 저자가 된 다음부터는 내가 읽고 싶은 글을 쓰는게 목표가 되었습니다. 여러분도 즐겨 찾는 분야의 책이 있을거예요. 신간이 나오면 제목도 안 보고 주문하는 작가도 있을테죠. 만일 여러분이 글을 쓰고자 한다면 자신이 읽고 싶은 글을 쓰는 것도 하나의 방법이에요. 나아가 닮고 싶은 작가의 글과 비슷한 글을 써보세요.

제가 좋아하는 작가 중 한수희 작가가 있는데, 이분의 책을 읽고 너무 공감되는데 어렵게 쓰지도 않아서 질투가 날 정도였어요. 그리고 이 작가처럼 쓰고 싶다는 생각을 했었죠. 그를 닮아가기 위한 저만의 노하우(?)라면 굉장히 무식한 방법일지 모르지만 에세이 한 꼭지를 통으로 필사하는 거예요. 처음에는 한 권의 책을 읽으면서 부분적으로 꽂히는 문장에 밑줄을 긋고 그건 그거대로 필사를 해두고 이후에는 전체적으로 좋았던 글을 몇 개 골라 처음부터 끝까지 쉼표 하나 놓치지 않고 다 써요. 그렇게 쓰고 있으면 살짝 내가 이 작가가 된 것 같은 느낌이 들기도 해요. 물론 이때 눈으로 보면서 바로 손으로 쓰는 게 아니라 입으로 한 줄 한 줄 소리 내어 읽으면서 필사하는 게 더 도움이 돼요. 이렇게 닮고 싶어서 애쓰는 작가 중에는 임경선 작가도 있는데 제가 에세이를 출간하고 얼마 뒤에 친한 동료가 제 책을 읽고서 임경선 작가의 에세이와 비슷한 느낌을 받았다고 말해서 깜짝 놀란 적이 있어요. 저 듣기 좋으라고 해주는 말이어도 상관없었어요. 제가 진짜 닮고 싶어 하는 작가인데 그분을 콕 찍어 이야기해주니, 그날의 기분은 이루 말로 다 표현하기 힘들 정도로 기뻤습니다.

필사를 한다고 해도 곧장 그 작가처럼 내 글이 써지진 않아요. 한번 해보면 생각보다 쉽지 않다는 걸 깨닫게 돼요. 좋아한다고 해도 이미 창조된 걸 읽어 흡수하는 것과 무에서 유를 만들어내는 건 천지 차이니까요. 하지만 그걸 고민하고 결과물을 내기 위해 애쓰다 보면 쓰고자 하는 글의 방향 또한 선명해져요. 책을 출판할 때 주 타깃 독자 선정을 하는데 그때도 많은 도움이 되죠. 나를 기준으로 하면 되니까요. 육아, 살림이 버겁지만 내 일은 포기하고 싶지 않은 3040 워킹맘이 타깃이 되는 거죠. 저자가 잘 알고 있어서 자신과 비슷한 처지의 사람들에게 알려주고 싶은 것들, 쓰고 싶은 주제를 써야 독자도 재미있게 읽습니다.

02 대수롭지 않게
시작하세요

자료를 다 갖춰놓지 않아도 된다

오늘 저녁 메뉴는 김치찌개로 정했습니다. 여러분은 다음 2가지 타입 중 어디에 속하세요? '1. 찌개에 넣을 재료(김치, 멸치, 마늘, 파, 두부 등)를 싱크대 위에 다 챙겨놓고 시작한다', '2. 냄비에 물을 붓고 멸치부터 넣는다'. 저는 2번 타입입니다. 음식의 종류에 따라 조금 차이는 있겠지만 일단 김치찌개는 김치만 있어도 만들 수 있으니까 냄비에 물부터 끓여요. 물이 끓는 동안 냉장고를 열어서 김치 외에 또 넣을 수 있는 재료가 뭐가 있나 그제야 살핍니다. 글쓰기도 마찬가지입니다. 자료가 다 갖춰져야 쓸 수 있는 사람과 일단 노트북에 손을 올려 쓰기부터 하는 사람이 있죠. 장르에 따라 차이가 있지만 에세이는 일단 뭐라도 쓰기 시작하는 게 좋습니다. 자료는 쓰다가 중간에 찾아도 돼요. '어떤 주제에 대해 완벽히 안 다음에 써야지' 하고 계획하지 마세요. 그러자면 더 엄두가 나질 않아요.

은유 작가가 "하얀 종이 두 바닥을 나만의 언어와 사유로 채우는 일은 간단치 않다. 견적이 크면 시작을 미룬다. 그래서 '글을 쓰자'가 아니라 '자료를 찾자'며 시작한다"라고 했듯이 '자 이제부터 글을 써야지!' 하고 마음만 먹으면 깜박이는 커서만 1시간 내내 보고 있을 수도 있습니다. 사실 쓰기가 막막해서 '자료를 찾은 다음 써야지'라고 생각할 때도 있습니다. 겁을 내기 시작하면 더 겁이 나서 스타트 라인에 서는 게 두렵습니다. 그러니 은유 작가의 말처럼 '글을 쓴다'가 아니라 자료를 찾는 과정이란 생각으로 글을 써보세요. '지금부터 쓰는 게 완벽한 한 편의 글이 될 거야'가 아니라 과정이라고 생각하는 거예요. 뭐가 됐든 백지 위에 한 글자씩 찍어야 글이 될 것 아니겠어요? 대수롭지 않게 시작해보세요.

03

우리에겐
다음이 있잖아요

가벼운 마음으로 쓴다

"혹시 오늘 쓴 카피가 마음에 들지 않으면 어떻게 하세요?"

강의나 강연에서 종종 들었던 질문입니다. 저는 에세이처럼 긴 글을 쓰기도 하지만 회사에서는 주로 세일즈 카피를 썼고 퇴사한 지금도 카피라이팅 일을 프리랜서로 하고 있어요. 강연이 있을 때 "여태껏 쓴 카피 중 가장 마음에 드는 카피는 무엇인가요?"라는 질문을 받기도 했는데 이 또한 쉽게 대답할 수 없는 난처한 질문이었어요. 하루에 워낙 많은 양의 카피를 쓰다 보니 일일이 다 기억하기도 힘들고 세일즈 카피라는 것이 비슷비슷하기도 하거든요. 물론 '지금 내가 쓰는 카피가 최고의 카피야!'라고 생각하면서 썼지만 제가 쓰고 싶은 대로 너무 튀는 카피를 쓰면 판매와 직결되는 데 오히려 역효과가 날 수도 있거든요. '마음에 들지 않는 카피를 썼을 때 어떻게 하는가?'란 질문에 저는 늘 같은 대답을 합니다.

"내일 더 잘 쓰면 돼요."

바꿔 말하면 오늘 쓴 카피를 후회하지 않고, 쓸 때부터 후회될 카피는 업로드하지 않는 거죠. 에세이는 다를까요? 같습니다. 에세이는 보통 A4 1장에서 2장 분량의 꼭지들을 40~50개 정도 묶어서 책으로 냅니다. 개수가 많죠. 그러다 보니 한 편한 편에 너무 공을 들이고 엄청 잘 쓰려고 하면 앞으로 쭉쭉 나아가기가 힘들어요. 여러분, 처음 시작은 일단 가볍게 쓰는 거예요. 흔히들 술술술 쓴다고 이야기하죠? 좀 엉성하면 어때요? 처음엔 쓴다는 행위 자체에 의미를 두는 게 좋습니다. 우선 많이 써보는 게 글쓰기 실력 다음 단계로 뻗어나갈 수 있는 지름길이니까요. 오늘 이 한 편의 글만 쓰고 앞으로 영영 절필

할 게 아니잖아요. 우리는 내일도 쓰고 모레도 쓰고 한 달 뒤에
도 쓸 거니까 '오늘 조금 못 써도 된다, 다음에 더 잘 써야지'라
고 너그럽게 받아들이고 시작하세요.

04 빨리 넘어가는 페이지도 넣어주세요

툭 끝나도 좋다

그럴 때가 있어요. 글감 하나를 잡아서 글을 줄줄줄 쓰는데 어디서 멈춰야 할지 모르겠는 거예요. 쓰는 당사자조차 '내가 여기서 하고자 하는 말이 뭐지? 결론이 뭐야? 그래서 뭐 어쩌라는 거지?'라고 의문이 들 때가 있죠. 자, 이럴 땐 어떻게 해야 할까요? 결론부터 말씀드리자면 툭 끝내도 괜찮습니다. 앞서 제가 의미를 의도하는 글을 써야 한다고 했지만 모든 글이 그럴 필요는 없어요. 한 권의 에세이에서 계속 의미가 있는 글만 이어지는 걸 독자들이 좋아할까요? 오히려 부담스러워할 수도 있습니다. 결론이 명확하고 의미가 있다는 건 읽는 사람으로 하여금 생각하길 권합니다. 에세이를 읽는 이유는 다양하겠지만 가벼워지고 싶어서 읽는 경우가 많아요. 조금 홀가분하게 책장을 넘기고 싶어서요. 제가 운영하는 책방에 방문한 손님 중 대부분은 가볍게 읽을 에세이를 추천해달라고 해요. 모든 글에 깊은 뜻이 있는 책은 책장이 잘 넘어가지 않습니다. 때로는 이걸 끝까지 읽어야 하나 싶어 심각해지기도 합니다. 그 책을 오래 붙잡고 있으면 다소 기운 빠질 때도 있어요. 책과 친근해지기 위해선 한 권의 책을 빨리 끝내게 해주는 것도 방법입니다.

에세이를 읽다가 밑줄이 솟구치는 꼭지가 있는가 하면, 어떤 꼭지는 산뜻하고 짤막하게 써서 시크하게 툭 끝내기도 해서, 독자로 하여금 페이지를 빨리 넘겨 한 권의 완독에 대한 부담을 덜어줄 수 있으니까요. 저는 한 번에 여러 권의 책을 TV 채널 돌리듯 돌아가며 읽기 때문에 완독에 대한 압박을 내려놓은 지 오래됐지만 아직까지 많은 독자들은 자신이 마음먹고 펼친 책의 마지막 장을 탁! 덮었을 때의 쾌감을 느끼고 싶어 하거든요. 무심하게 툭 끝나는 꼭지를 의무적으로 넣어주세요.

요조 작가가 쓴 『눈이 아닌 것으로도 읽은 기분』이란 책에는 "으 재미없어"라고 한 줄 쓰고 끝나는 페이지도 있어요. (빌 브라이슨의 여행 책에 관한 꼭지였는데, 이렇게 쿨하게 한 줄로 끝내버렸지요. 읽는 저도 "와! 속 시원해!"라고 말하고 싶을 정도였습니다. 제가 빌 브라이슨의 책을 별로 좋아하지 않기 때문인 건 비밀) 우리는 기승전결 압박이 있어요. 또 훈훈하게 마무리 짓길 원합니다. 물론 기승전결이 탄탄한 글은 독서를 자극하죠. 하지만 독자 입장에서 버거워할 수도 있다는 것도 잊지 마세요.

05 한 편에 하나의 에피소드는 지루해요

한 꼭지에 2, 3가지 에피소드를 넣는다

소설을 많이 읽으면 간혹 일정한 패턴이 보이듯 에세이도 비슷한 틀이 있습니다. 물론 소설도 뜻하지 않은 반전이 묘미이듯 (하지만 예상 가능한 반전은 별 의미가 없죠. 그리고 반전만이 소설의 매력이라고 할 순 없습니다만) 에세이도 기존의 형식에서 벗어난 글이 새롭게 주목을 받기도 합니다. 자, 파격적이고 낯선 형식이 떠오르기 전에는 비슷한 유형대로 꾸준히 써보는 게 좋겠죠. 이번에는 에피소드에 대한 이야기를 하려고 합니다. 보통 에세이 한 편에는 두세 가지의 에피소드가 맞물려 있습니다. 에세이 하나의 길이에 따라 에피소드의 개수도 달라지겠지만, A4 한 장에 두 가지 정도가 적당합니다. 세 개 이상이면 오히려 집중도가 떨어져 산만한 글이 됩니다.

제가 『샘터』 잡지에 글을 연재하는데 제 첫 번째 원고를 보고 담당자가 "저희 잡지 분량의 경우 에피소드는 두 개 정도가 적당합니다"라고 콕 집어 말해주기도 했어요. 방법은 여러 가지가 있지만 '두 개의 에피소드를 나열하고 나중에 이런 연관성이 있었다'라고 끝을 맺으면 독자들은 '아, 그래서 이런 이야기를 꺼냈구나'라고 생각하죠. 사실 두 개의 에피소드가 연관성 없이 각자 독립적으로 한 꼭지를 완성시켜도 상관없어요. 하지만 보통은 밀접하게까진 아니더라도 연관 있어 보이는 사연 두 개를 묶어주면 글이 완성도도 있으면서 따분해지지 않죠. 이렇게 에피소드 두 개를 연관 지어 쓰기가 익숙해지기 전까지는 다소 어렵게 느껴질 수 있어요. 그럴 때일수록 우리가 많이 채워놔야 하는 건 나의 경험, 즉 다양한 사연입니다. 낯선 장소를 가거나, 새로운 인연을 만들거나, 신기한 물건을 접하거나, 예상하지 못한 누군가의 말을 들었던 경험치를 많이 쌓아놓을수록 에세이에 넣을 에피소드는 많아지는 거니까 모으기를 게을리하면 안 돼요. 물론 하나의 사연을 흥미진진하게 끝까지 밀고 나가는 힘이 있는 작가들도 있습니다. 하지만 우리는 이제 막 에세이를 쓰려고 준비 운동하는 단계이니 각각의 에피소드를 연결 짓는 연습을 꾸준히 해보도록 해요.

06 화장실 가고 싶을 때처럼 빨리 쓰세요

되도록 한 번에 휘리릭 쓴다

김지수 에디터의 인터뷰집 『자기 인생의 철학자들』이란 책을 유익하게 읽었습니다. 뒤늦게 깨달은 것이지만 제가 인터뷰 형식의 책을 즐겨 읽었더라고요. 인터뷰 책은 말글을 옮긴 것이라 가독성도 좋고 진도가 쭉쭉 나갑니다. 페이지가 빨리 넘어가는 책치고 지루한 책은 없죠. 이런 책을 읽으면 독서에 탄력이 생겨서 다음 책도 빨리 읽고 싶어져요. '평균 나이 72세, 우리가 좋아하는 어른들의 말'이란 부제처럼 한 마디 한 마디 마음에 새겨둘 내용이 많은 책이더군요.

여기서 처음 알게 된 노은님 화가의 행복에 대한 이야기가 인상적이었습니다.

"행복이 뭔가요? 배탈 났는데 화장실에 들어가면 행복하고 못 들어가면 불행해요. 막상 나오고 나면 아무것도 아니죠. 행복은 지나가는 감정이에요."

거창함 1도 없이 있는 그대로 날것의 정의 아닌가요? 숱하게 읽은 행복 정의 중 가장 와닿았습니다. 배탈 나 화장실에 가는 걸 행복에 빗대어 말한 화가와 달리 저는 화장실 가고 싶을 때처럼 에세이 한 편을 쓰라고 합니다. 즉 쓰고 싶은 것이 생겼을 때(대변 혹은 소변이 마려울 때!) 우르르 써버리는 것이죠. 물론 지금 당장 쓰지 못하는 상황일 때는 어떻게든 메모를 해둬야 합니다. 하지만 지금 내가 시간이 좀 있고 손 뻗으면 닿을 거리에 노트북이 있을 때 뭔가 퍼뜩 쓰고 싶은 것이 떠올랐다면 바로 쓰세요. (경험상 바로 코앞에 노트북이 있어도 전원 켜기가 어려운 게 인간이더군요) 똥이 마려울 때, 화장실이 바로 내 앞에 있는데도 불구하고 미적거릴 필요가 없잖아요. 이건 영감이 떠오르는 것과는 좀 다른 이야기입니다. 쓰고 싶은 혹은 쓸 만한 주제가 머릿속에 쓱 하고 지나갔다면 바로 낚아채서 쓰세요. 그럴

싸한 글이 되지 않아도 좋습니다. 빨리 쓰고 보는 거예요. 일단 써놓으면 나중에 뭐든 됩니다. (글쓰기를 화장실과 비교해서 거북하셨다면 사과드릴게요)

07 억지로
연결하지 않는다

각기 다른 글들이 모여 또 다른 포맷이 된다

앞서 하나의 에피소드만으로 한 편의 글을 쓰는 건 다소 지루하다고 말했습니다. 글의 분량에 따라 다르겠지만 보통은 두 개의 에피소드를 묶으면 무난한데요. 사실 에세이라는 게 방식이 딱 정해진 것이 아니니 자유롭게 쓰는 걸 더 권장하기도 합니다. 즉 너무 공식처럼 두 개 혹은 세 개의 에피소드를 찾아서 연관성을 찾은 다음 한 편의 에세이를 써야지! 하고 마음먹지 않아도 된단 뜻이에요. 만일 그렇게 되면 에세이 쓰기가 굉장한 숙제처럼 여겨질 거예요.

이경미 감독의 에세이『잘돼가 무엇이든』을 보면 감독이 쓴 과거의 일기를 짤막짤막하게 쭉 연결한 꼭지가 있습니다. 한 권의 에세이를 기획한다면 중간중간 포맷이 살짝 다른 글을 넣는 것도 지루함을 막는 방법이에요. 이렇게 했을 때의 장점은 페이지가 잘 넘어간다는 거겠죠. 그리고 이런 한두 줄짜리 문장에서 괜찮은 글들은 독자들이 스마트폰 카메라로 사진을 찍어 SNS에 올리는 경우가 많기 때문에 책의 확산에도 적지 않은 도움을 줍니다. 서점에 가서 책을 고르기보다 SNS에서 타인이 추천한 책을 고르는 경우가 적지 않은 요즘 같은 때에 놓치지 말아야 할 소스이기도 합니다. 텍스트의 양이 너무 많으면 핵심을 뽑아내는 것도 일인데 다양성이 존중된 이런 글들이 여러 개 쭉 나오면 독자 입장에선 괜히 반가울 수밖에 없죠. 에피소드를 억지로 연결 짓지 않아도 됩니다. 각기 다른 이야기를 나열하는 것 자체가 또 다른 포맷이 될 수 있어요.

3:
습관

사소하고 뻔하지만
반드시 필요한
일들

01 메모하기,
생각보다 정말 중요해요

뚜렷한 기억보다 희미한 연필자국이 낫다

많은 분들이 좋아하는 작가 마스다 미리 는 간결하고 위트 있는 만화로 유명하지만 저는 그의 글을 더 아낍니다. 몇 달 전 예스24의 채널예스에서 마스다 미리를 인터뷰한 글을 읽었는데, 인터뷰어인 엄지혜 기자도 그의 만화만큼이나 글을 더 좋아한다고 밝히더군요. 그러면서 카피와 같은 심플한 대사는 어떻게 나오냐 물으니 "항상 뭔가를 느끼면 '나는, 지금, 이렇게 생각했다'라고 머릿속에 문장으로 만들어 생각합니다. 감정을 흘려버리기 싫은 거지요. 잊어버리지 않도록 휴대전화에 메모하기도 합니다"라고 답하더군요. 이 대답에서 제가 인상적이었던 것은 '감정을 메모한다'는 거였어요. 즉 순간순간 자신이 뭘 느끼고 생각하는지를 놓치지 않는다는 거죠. 떠오른 생각을 바로바로 적어두면 나중에 매우 요긴하게 쓸 수 있습니다. 이 글을 쓰면서 제가 주로 메모하는 휴대전화 메모장을 한번 들여다봤더니 이런 걸 적어놨네요.

－지하철에 서서 책 읽다가 배를 내밀고 있어 임산부로 오해를 받았다. 짜증 나는데 웃겼다.

－발이 아픈 신발을 신었을 때 발이 아픈 사실보다 내가 고통을 느끼고 있다는 걸 남들이 아는 게 더 싫다.

－자랑하려는 의도가 뻔히 보이거나 질투가 난다면 가벼운 마음으로 하트를 누르지 않는다. 그게 나다. 그 전에는 의무감 같은 걸로 하트를 눌렀다. 하트야말로 일차원적인 내 의견인데 난 왜 그것까지 눈치를 보고 있었던 걸까? (인스타그램)

－나에겐 이렇게 사근사근한데 그에겐 왜 그리 모질게 굴었냐고 묻고 싶었다.

－다 잊고 그만 미워하자.

이런 메모들 중 문장 하나가 에세이 한 편의 커다란 주제가 되기도 하고, 메모 자체가 본문의 일부로 사용되기도 하고 글의 도입부에 시크하게 쓰이기도 합니다. 여러분이 보고 듣고 느낀 모든 것이 글쓰기의 밑거름이 돼요. 소소한 메모들을 읽으면 그날의 상황이 떠오르기도 하고 '이 말은 과연 언제 썼던 거지?' 하고 당최 생각이 나지 않을 때도 있어요. 그래도 남겨 놓았더니 지금처럼 책을 쓰는 데에도 매우 유용한 샘플이 되었네요?

얼마 전에 읽은 마루야마 겐지의 『아직 오지 않은 소설가에게』에서 작가의 메모에 대한 인상 깊은 구절을 읽었는데요. 그는 노트를 여러 권 준비하라고 말하면서 외출용 노트, 침대용 노트, 거실용 노트, 화장실용 노트, 직장용 노트 등 용도별로 나눠서 마련하라고 했습니다. 즉 곳곳에 노트와 메모지를 갖다 놓으라는 거죠. 이거야말로 메모에 대한 만반의 준비가 아닌가 싶습니다. 마루야마 겐지는 우리의 기억 속에 정보가 많은 것 같아도 의외로 적다면서 자신의 머리를 너무 믿지 말라고 합니다. 지금은 기억할 수 있을 것 같지만 몇 시간만 지나도 '내가 쓰려던 게 있었는데 뭐였지?' 하고 생각하다가 '에이, 모르겠다' 하고 넘어갔던 적이 있을 거예요. 기억력이 좋다고 자부

하는 사람도 노트를 준비하는 게 좋을 거예요. 노트를 곳곳에 갖다 놓아도 펜을 들어 적지 않으면 무용지물이죠.

써야 합니다. 메모 행위를 귀찮아하는 순간 글은 빈약해질 수밖에 없어요. 이렇게 순간적인 감정, 생각, 분위기 등을 메모하는 것만큼 새롭게 알게 된 개념어, 몰랐던 단어, 흥미로운 상식, 독특한 정보 또한 꼭 필기해두세요. 메모 방법은 각자 편한 대로 하면 돼요. 앞서 말했듯 저는 주로 휴대전화 메모장이나 노트북의 포스트잇 기능을 썼어요. 이렇게 메모한 것들을 활용하면 내 글이 더 풍부해지는 건 더 말할 필요도 없죠.

02

꾸준히 쓰면
문장이 좋아져요

처음부터 완벽한 문장은 없다

출간했다 하면 베스트셀러에 진입하는 작가들도 자신의 첫 책을 세상을 뒤집어서라도 찾아서 모조리 불태워버리고 싶다고, 다소 극단적으로 말하곤 합니다. 여러 이유가 있겠지만 아마도 자신의 초창기 글이 마음에 들지 않아서겠지요. 그토록 자신의 글을 마음에 들어 하지 않았지만 지금은 베스트셀러 작가인 걸 보면 그들에겐 대단한 영업 비밀(?)이라도 있는 것 같지요? 그걸 다 알 수 있다면 저도 베스트셀러 작가가 되었겠지만 안타깝게도 모두 알 수는 없고 확실히 아는 한 가지는 있습니다. 바로 꾸준히 썼다는 거죠.

쓰는 족족 마음에 드는 문장이 써져서 룰루랄라 글을 쓰는 작가는 없을 거예요. 썩 내키지 않아도 어떻게든 쓰려고 노력하고 하루에 한 줄이라도 쓰는 꾸준함이 있었기에 사람들이 좋아하는 문장을 쓰고 있는 거죠. 지금은 사라졌지만 온 국민이 좋아했던 〈무한도전〉이란 프로그램에서 노홍철이 그런 이야기를 했죠.

"행복해서 웃는 게 아니라 웃어서 행복한 거예요!"

여기에 꾸준함과 좋은 문장을 대입해보죠.

"문장이 좋아서 계속 쓰는 게 아니라 꾸준히 쓰니까 문장이 좋아지는 거다!"

처음부터 완벽한 문장을 썼다면 아마도 꾸준히 쓰지 않았을 거예요. 자신을 믿고 노력을 게을리하게 됐겠죠. 쓰지 않는 칼은 자연히 녹슬게 됩니다. 고인 물은 썩는다고 하죠. 물은 계속 흘러야 합니다. 그래야 자갈에 이끼도 끼지 않고 반질

반질해지며 더러운 물도 쓸려 내려가게 되죠. 글도 마찬가지입니다. 오늘도 쓰고 내일도 써야 점점 나아져요. 무라카미 하루키 같은 대가들도 날마다 일정 분량을 정해놓고 반드시 쓴다고 합니다. 계속 쓰지 않으면 문장이 나아지지 않는다는 걸 알기 때문에 계속 쓰는 걸 포기하지 않는 거예요. 하물며 이제 막 에세이를 써보려는 우리가 날마다 쓰는 노력을 하지 않는다면 문장이 좋아질 수 있을까요? 키보드 위에 손을 올려놓고 뭐라도 써야 하는데 정말 뭘 써야 할지 모르겠다면 필사하는 것도 좋아요. 손가락에 쓰기의 감각을 계속 길들이는 게 필요해요. 손을 쉬게 하지 마세요. 뭐라도 쓰고 난 뒤 마침표를 딱 찍었을 때 어깨에서 느껴지는 통증과 목을 좌우로 꺾을 때의 그 개운함을 날마다 경험해보세요.

03   퇴고 없이는 글을
완성할 수 없어요

출력해서 읽으면 고칠 게 보인다

회사에서 저의 주된 업무이자 빼놓을 수 없는 작업이 바로 비문 체크였습니다. 잘못된 문장을 수정하는 일은 정해진 시간이 따로 없습니다. 그냥 계속하는 게 맞아요. 날마다 쏟아지는 기획안 시트에서도 수정하고 이미 오픈된 페이지에서 미처 확인하지 못했던 것들을 찾아 수정하기도 했습니다. 여기서 비문 체크라는 게 대단한 작업은 아닙니다. 모르고 그냥 지나칠 수도 있고 사실 지나쳐도 크게 문제 될 건 없는 것들이지만 저는 회사의 텍스트를 담당했던 사람으로서 스스로 느끼는 책임감이 있었어요. 남들이 발견하지 못했다 해도 제가 봤기 때문에 고쳐야 했죠.

자, 그렇다면 에세이 쓰기 중 퇴고에 대해 이야기해볼까요? 1차로 써놓은 원고를 다시 읽어보니 마음에 들지 않아 아예 새로운 원고로 다시 쓰는 퇴고도 있겠지만 어색한 곳을 찾는 것도 퇴고입니다. 그래서 다 쓴 원고를 소리 내어 읽어보는 게 중요해요. 이때 원고를 쓴 다음 곧장 퇴고하기로 자세를 취하는 것보다 며칠 묵혀두는 게 좋습니다. 저는 보통 이틀쯤 뒤에 다시 읽어요. 며칠 후 육성으로 글을 읽으면 어색한 지점이 눈으로 읽을 때보다 확실히 잘 찾아집니다. 그리고 저는 반드시 출력해서 읽어보는 걸 원칙으로 해요. 인쇄해서 읽으면 문장의 오류가 더 눈에 잘 띕니다. 이거 정말로 해보면 그 차이를 확실히 알 수 있어요. 모니터로 세 번이나 읽어도 보이지 않던 틀린 문장이 출력해서 펜을 딱 들고 읽기 시작하면 바로 보인다니까요. 국내외 많은 작가들이 퇴고할 때는 반드시 인쇄해보라고 말합니다. 저는 글쓰기에 관한 책을 많이 읽는 편인데요. 작가는 달라도 꼭 반복되는 이야기가 더러 있는데 그중 하나가 이것입니다. 출력해서 다시 읽어보는 것. 그러니 따라해볼 만하겠죠?

읽으면서 걸리는 부분 없이 술술 넘어가는지 살펴보세요. 읽기 쉬운 글이 이해하기도 쉽거든요. 글을 어렵게 쓸 필요가 없습니다. (사실 쉽게 쓰는 게 더 어렵지요) 어렵게 쓴 글이 잘 쓴 글이라 생각되지도 않습니다. 독자는 내가 쓴 문제에 대해 아무것도 모르는 상태라고 가정하고 퇴고를 하세요. 전문용어는 한 번 더 설명해주는 친절함이 공감을 얻습니다.

앞서 비문에 대한 이야기를 했습니다. 제가 회사에서 수정했던 것들이 대단한 게 아니라고 했고요. 하지만 이런 비문이 쌓이면 글쓴이의 실력이 됩니다. 물론 형편없는 실력으로 인식되겠죠. 사소한 거라고 대충 넘기지 마세요. 자주 틀리는 것 중에 '거에요'가 있습니다. '거예요'가 맞죠. 한 번 틀린 사람은 고쳐줘도 다음에 또 그렇게 쓰는데, 그 사람은 이걸 되게 사소하게 생각한 거예요. 하지만 저는 '거예요'를 제대로 쓴 사람을 보면 괜히 신뢰감이 생겨요. '자연스럽다'를 '내추럴하다'라고 써야 잘 쓴 글처럼 보이나요? 아닙니다. 그럴싸해 보이는 영문을 갖다 쓰느니 '거예요', '이에요', '되다', '돼요' 같은 것을 알맞은 위치에 정확히 써주는 게 더 잘 쓴 글입니다.

여러분, 퇴고를 지겨워하지 마세요. 내 글에서 틀린 부분을 찾았을 때 오는 쾌감을 반드시 경험해보시기 바랍니다.

04 다양한 책을 곁에 두는 게 좋아요

편식 없는 독서, 책을 자주 들춰볼 것

뉴스를 보면 간혹 사건 사고와 관련해 여러 해석이나 조언을 해주는 유명한 과학자나 교수, 법의학자 같은 사람을 찾아가 인터뷰한 장면이 나오죠? 그때 열에 아홉은 뒷배경이 빼곡하게 책이 꽂힌 책장입니다. 오늘 저녁 뉴스를 한번 보세요. 반드시 이런 장면 하나쯤 꼭 나올 거예요. 저도 처음에는 '이런 거 다 콘셉트지'라고 생각했는데 제가 한번은 이런 적이 있었어요. 강연 준비를 하는데 뭔가 핵심적인 게 모자라 보였어요. 여기에 그럴싸한 코멘트가 있었으면 좋겠는데 잘 떠오르지 않아서 급한 대로 제 자리 뒤에 있는 책장에 꽂힌 책을 쭉 살폈어요. 제가 다른 건 몰라도 책 욕심이 많아서 집은 물론 회사에도 제 자리에는 엄청 많은 책이 있었거든요. (그래서 지금은 책방을 하고 있고요)

당시 로버트 맥키의 『시나리오 어떻게 쓸 것인가』라는 큼지막한 책이 제 눈에 꽂혔어요. 한글 제목과 더불어 'STORY'라고 볼드체로 쓰여 있기 때문에 일단 꺼내서 휼휼 넘겨보기 시작했어요. 네, 그렇습니다. 그 전엔 사놓기만 하고 보지 않았던 책이었어요. 워낙 두꺼워서 읽기 전부터 겁나더라고요. 이 책은 임경선 작가가 어느 팟캐스트에 나와서 추천한 걸 우연히 듣고 주문했었어요. 제가 좋아하는 작가가 글쓰기에 도움이 된다고 추천하는 책인데 안 보고 지나칠 수 있나요? 냉큼 샀지요. 어쨌거나 우연히 뽑은 그 책에서 그날 준비해야 했던 강연 자료에 핵심이 될 만한 내용을 건졌던 기억이 납니다. 아, 정말 찾아보길 잘했구나 싶더라고요.

그 경험으로 다양한 책을 곁에 두고 많이 읽는 게 왜 필요한지 조금은 알겠더라고요. 물론 단적인 예이긴 합니다만 저는 글이 안 풀리거나 카피가 막힐 때 정말 아무 책이나 펼쳐보는 방법을 잘 씁니다. 후루룩 넘기다가 평소 잘 쓰지 않던 단어를 봤을 때, 거기서 아이디어가 생겨요. 책 자체가 무수히 많은 글자, 단어의 집합소인 만큼 어떤 책이냐는 중요하지 않았습니다. 책을 자주 들춰보고 내가 얼마나 빠른 시간 내에 필요한 것을 찾아내느냐가 잘 훈련돼 있으면 그만인 거죠. 얼마 전에는 팀 페리스의 『타이탄의 도구들』이란 책을 읽는데 '역시 나만 그런 게 아니었군' 하고 무릎을 탁 칠 만한 문장을 발견했습니다.

"아이디어가 막혔을 때는 주변의 책장을 둘러보라. 많은 사람들의 사랑을 받은 책도 있고, 많은 사람에게 읽히지 않아 안타까운 책도 있을 것이다. 당신을 매료시킨 홍보 카피가 박힌 책도 있고, 진부한 제목 때문에 실패한 책도 있을 것이다. 그것들을 서로 결합해 재미있는, 황당한, 누구도 들어보지 못했을 법한 이야기를 짜봐라."

에세이를 쓸 때 '뭘 쓰지?'라고 고민될 때가 있는데, 그럴 때 책장에서 다른 에세이를 뽑아 읽어보세요. 그 작가가 쓴 주제를 가지고 나의 생각이나 경험을 써보는 겁니다. 주제는 같아도 내용까지 같을 수는 없거든요. 다른 에세이에서 언급한 주제로 자신의 이야기를 써보세요. '뭘 쓰지? 쓸 게 없어'라는 고민은 고민거리가 되지 않아요.

Special part.

에세이를 쓰고 싶은 사람들을 위한

사소한 Q&A 20

10

에세이 쓰기,
도대체 뭐부터 시작해야
하나요?

나의 생각이 담긴 에세이를 써보고 싶은데,
일단 어떻게 시작해야 할지
모르겠어요.

A 시작은 참 막막해요. 뭘 어떻게 해야 할지 모르겠죠? 일단은요, 나의 생각이 뭔지를 파악해야 해요. 나의 생각이 담긴 에세이를 쓰고 싶다? 그런데 나의 생각이 뭐죠? 생각을 쓰려면 에피소드가 있어야 해요. 생각이라는 건 주제잖아요. 글의 주제를 쓰기 위해서 자신이 겪은 일을 쓰는 것으로 시작해보세요. 여러 차례 말하지만 사소한 일이어도 상관없습니다. 저는 사소할수록 좋아해요. 오늘 아침 출근길에 있었던 일을 적어볼까요? 별일 없었다고요? 정말요? 분명히 어제와 다른 점이 있었을 거예요. 그럼 이런 방법은 어떨까요? 내가 에세이를 쓰고 싶은데 하루하루가 똑같아요. 그럼 안 가던 길로 가보는 거예요. 혹은 지하철을 기다리면서 스마트폰을 보지 말고 주변을 둘러보는 거예요. 안 보던 곳을 바라보세요. 정면만 보고 있었다면 뒤돌아서서 한번 보세요. 다른 사

람을 살펴보세요. 어떤 사람들이 있는지.

제 경우를 얘기해볼까요? 퇴사 후 책방을 운영하는 지금은 출근 시간이 5분이면 충분하지만 왕복 3시간 거리를 지하철로 출퇴근했을 때의 사례를 들어볼게요. 당시저는 출근할 때 버스를 타고 지하철역까지 가서 1호선을 탔어요. 어느 날 버스에서 한 아저씨가 처음 타서부터 내릴 때까지 계속 듣기 싫은 소리를 입으로 냈어요. '칵, 컥, 후룩, 우엑, 크어억, 퉤!' 정말 지긋지긋하다 싶을 정도로 잠시도 가만히 있지를 않고 계속 입으로 지저분한 소리를 냈죠. 다른 사람은 안중에도 없는 것 같았어요. (이렇게 독특한 사람이 버스나 지하철에 타면 이야깃거리는 풍부해진답니다. 그때부터 그 사람을 관찰하세요! 물론 그 사람을 비하하거나 홍보는 글을 쓰면 안 되겠죠) 그렇게 저는 입으로 계속 더러운 소리를 내는 아저씨를 출근길 버스에서 만났습니다. 그 이야기를 쓴 다음 그 에피소드를 시작으로 해서 제 주변의 또 다른, 조금 독특한 인물을 찾아봤어요. 생각해보니 저는 엄마에게서 그런 신경 쓰이는 소리를 들은 적이 있었어요. 그럼 엄마에 관한 에피소드를 적어요. 그런 다음 서서히 자신의 생각, 의견을 담은 결론으로 다가가죠. 질문도 합니다. '왜 사람들은 자꾸 소리를 낼까? 나이가 들면서 나도 어쩔 수 없이 소리를 내게 될까? 그건 일종의 안 좋은 습관일 수 있겠다. 조용히 해달라고 할 수 없으니 내가 이어폰을 꽂는 수밖에'라든지 '혹시 모르니 나도 이런 습관을 갖지 않도록 지금부터 나를 잘 되돌아봐야겠다' 등등.

독특한 사람을 만나는 경우는 길에서 오천 원짜리라도 주운 것처럼 반갑습니다. 제가 지하철에서 만난 특이한 사람 중에는 퇴근길 지하철에서 잘 깎은 단감을 가방에서 꺼내 한 입씩 베어 물고 책을 읽는 아주머니도 있었고 (정말 먹고 싶었어요!) 만원 지하철에 앉아 서 있는 사람들에게 줄과 링을 이용한 마술을 보여줬던 노인도 있었어요. (할아버지는 줄과 링을 주머니에서 꺼내셨습니다. 자주 하신다는 거죠)

그러나 특이한 사람을 만나지 못했다고 걱정하지 마세요. 이번에는 아침 6시(제가 출근하려고 지하철을 타던 시간입니다)의 주변 풍경을 쭉 적어보세요. 당시에 저는 7시쯤 지하철을 탔는데 회사가 이사하는 바람에 출퇴근 시간이 늘었거든요. 그래서 1시간 정도 일찍 나가야 했는데, 같은 공간이라도 아침 6시와 7시가 다르더라고요. 이를 테면 6시에는 지하상가에서 라디오가 나오지 않는다든지, 에스컬레이터가 작동하지 않는다든지, 늘 오픈돼 있던 (24시라고 쓰여 있는) 롯데리아가 문을 열지 않았다든지…. 이렇게 같은 공간이지만 다른 시간대의 주변 풍경을 적어보는 거예요. 그런 다음에는 일찍 일어남으로써 자신이 깨닫게 된 것들을 적어보는 거죠.

자 결론을 슬슬 말해볼까요? 에세이를 쓰려는데 막막하다면 에피소드 모으기를 열심히 해보세요. 저는 주로 스마트폰 메모장을 이용해요. 어떤 상황을 적고 내가 느낀 감정, 기분 등을 간단히 적어놔요. 나중에 그걸 보고 A4 1장 반에서 2장 정도 분량으로 늘려서 써보는 연습을 꾸준히 하면 일단 시작이 막막하진 않을 거예요.

02

솔직한 글을 위해
나의 단점까지
다 써야 하나요?

내 이야기를 자꾸 자기소개서처럼
포장하게 돼요. 나의 흠까지
모조리 털어놓아도 괜찮을까요?

에세이가 됐든 자기소개서가 됐든 '포장'은 권하지 않습
니다. 일기와 에세이의 공통점에서 살펴보았듯 '솔직함'
이 이 둘의 미덕이라고 할 수 있으니까요. 자기소개서처
럼 포장을 하게 된다고 하셨는데, 일단 솔직하게 쓰는
연습을 많이 해보는 게 좋을 것 같아요. 자신의 장점을
부각시키는 것과 포장은 엄연히 다르니까요. 자, 그런
데 솔직한 건 괜찮지만 '흠'까지 드러내는 건 어떨까요?
'흠'을 국어사전에서 찾아보니 '사람의 성격이나 언행에
나타나는 부족한 점'이라고 나옵니다. 그밖에 상한 자국
등의 뜻도 있고요. 저는 에세이를 쓸 때 제가 부족한 점
을 많이 쓰는 편입니다. 처음에는 쉽지 않았는데요. 어
느 순간부터 대수롭지 않았어요. 뭐든 처음이 어렵지요.
한번 물고를 트니 쉬워졌습니다. 하하. 제가 좋아하는
작가의 에세이를 읽으면 '나도 이렇게 쓰고 싶다'라고

생각을 하는데 그런 글이 바로 솔직하게 자신을 드러낸 글이었어요.

신혜영 저자의 『아들 엄마 좀 나갔다올게』라는 책은 육아 이야기만으로 채워진 단행본을 쓰려던 저의 계획을 접게 만든 책이기도 합니다. 무슨 말이냐면 제가 한 출판사와 육아에세이를 기획 중이었는데 참고삼아 이 책을 읽었다가 출판사 담당 편집자님께 솔직하게 말했어요. 이 책이 있어서 제가 쓸 필요가 없어졌다고. 정말이지 이래도 되나 싶을 만큼 저의 육아 방식과 스타일이 똑같더라고요. 굳이 종이 낭비할 필요가 없다 생각됐습니다. 부연 설명이 길었네요. 어쨌거나 이 책에서도 저자의 솔직함 때문에 쓰고 싶어지는 문장을 발견했는데요. "아수라장 집 안 꼬라지를 확 다 덮어버릴 수 있는 큰 천을 하나 사면 어떨까? 때 타지 않는 회색으로 사야겠다." "피곤한 날이면 아이에게 사실대로 이야기하며 양해를 구했다." "나의 피곤함이 아이를 잡았구나. 그러고 나서는 피곤하면 피곤하다, 힘이 들면 힘이 든다고 아이에게 솔직하게 이야기한다." 이런 문장이 그렇습니다. 자신의 처지나 형편을 가감 없이 적은 에세이에서 많은 공감을 얻었기에 저 또한 그런 글을 써야겠다고 다짐하게 되더라고요. 그게 아마도 솔직한 것과 맞닿아 있는 것 같습니다. 독자는 훌륭한 업적을 쌓은 사람의 이야기에서 배움을 얻고 싶어 하기도 하지만 자신과 비슷한 상황에 놓인 사람의 이야기에서 공감과 위로를 받고 싶어도 해요. 그러니 주구장창 나 잘났다고 하는 글을 독자들이 좋아할 리 없겠죠. 성공담만이 생존하는 건 아니에요. 실패담에서, 그 실패에서 뭔가를 해결하지 못했다 할지라도 그런 글도 좋은 글이 될 수 있어요.

자, 그런데 솔직한 글을 위해 나의 단점을 '모조리' 써야 할까요? 독자들에게 인기를 얻기 위해 내 흠을 바닥까지 박박 긁어서 써야 하는 걸까요? 결론부터 말씀드리면 글로 인해 오히려 자신이 상처를 받고 우울해질 것 같다면 절대 그렇게는 쓰지 마세요. 나의 흠을 독자와 공유하는 글쓰기 과정에서 본인이 조금 홀가분해질 수 있기 때문에 솔직하게 쓰라는 것이지 '내 단점을 정말 남들한테 말하기 싫은데 사람들이 이거 읽으면 엄청 재미있어 하겠지'라는 생각에서 쓰면 안 된다는 소리예요. 그게 과연 누굴 위한 글이 되겠어요? 에세이를 쓰면 가장 먼저 나 자신이 첫 번째 독자가 됩니다. 그런데 그 독자가 상처를 받으면 안 되잖아요. 에세이를 쓰면서 '와, 내가 이런 것까지 써야 돼?' 하면서도 줄줄이 써지는 주제가 있는 반면 '이건 아닌데, 이런 건 말하기 싫은데' 하는 게 있을 것 아니에요? 후자를 쓰지 말라는 겁니다. 아마 전자의 글은 자신의 흠을 드러내면서도 떳떳한 상태일 것이고 후자의 경우는 바꾸고 싶은데 잘 안 되는 경우일지 몰라요. 어쨌거나 내 글을 보고 상처받는 사람이 생기면 안 돼요. 그게 나여서는 더더욱 안 되고요.

03

에세이 쓰기의
가장 큰 장점이 뭔가요?

에세이를 쓰면서 느낀
가장 좋은 점은 무엇인지
알고 싶어요.

A 이런 일이 있었어요. 저와 같은 빌라에 사는 아저씨가
늘 저만 마주치면 아이의 안부를 묻는데, 이사 온 지 5
년이 넘었음에도 불구하고 항상 걱정 가득한 눈초리로
물어요. 처음에는 "애가 너무 어린데 일찍 어린이집을
보내는 게 아니냐?" 혹은 "아침에 엄마가 출근하면 애는
누가 보냐?". 정말 이런 걸 볼 때마다 물으세요. 그때마
다 제가 간단하게 설명을 해도 늘 같은 식이에요. 걱정
해주는 건 좋은데 불쌍하게 여기는 건 싫더라고요. (아저
씨가 애 봐줄 것도 아니면서 말이죠) 어느 순간부터는 저 아
저씨를 피하는 게 상책이다 싶어서 마주치지 않으려고
노력했는데, 출근길에 또 마주친 거예요. 회사 다닐 때
저는 하원 담당이기 때문에 아침 6시에 집에서 나왔어
요. 등원은 남편이 맡았거든요. 근데 저더러 애 아빠가
힘들겠다는 거예요. 저는 아주 홀가분하게 출근하는 것

처럼 보였나 보죠? 당시에는 짜증 나고 욱했는데 빨리 버스를 타야 해서 "뭐가 힘들어요?" 하고 얼른 지나갔는데 회사에 와서 자꾸 화가 나는 거죠. 그래서 '아, 안 되겠다, 이 일을 글로 써야겠다'고 생각했어요. 그렇게 그날 아침에 있었던 일에 대한 한 편의 에세이를 써서 브런치에 올렸어요. 저는 그 글을 쓰는 동안 제 생각이 정리되길 바랐어요. 심적으로도 차분해지고, 그 아저씨를 미워하는 것도 멈추고 싶었고요. 에세이를 썼더니 그런 게 생기더라고요. 이게 일종의 치유 같은 거죠.

글쓰기가 치유라는 말 많이 하는데 정말입니다, 여러분. 아무튼 그렇게 구구절절 그날 일을 쓰고 났더니 한결 개운해졌어요. 어떻게 보면 이 일을 누군가에게 털어놓고 '나 너무 속상할 것 같지 않아요?'라고 썼기 때문에 풀어졌을 수도 있어요. 그럼 어떤가요? 내가 겪은 사소한 일이 한 편의 글로 남았잖아요. 그리고 사람들이 글을 읽고 댓글을 달아요. '공감한다', '나도 그런 일이 있었다' 혹은 '자신이 그 아저씨와 비슷한 연배인데 앞으로 그러지 말아야겠다' 등등. 그게 또 저한텐 엄청 큰 위로가 되는 거죠. 이게 바로 제가 느끼는 에세이 쓰기의 가장 큰 장점인 것 같아요. 즉 분하고 억울하고 속상한 마음을 자양분 삼아 차분히 글로 적다 보면 마음이 착 가라앉으면서 정리되는 게 느껴져요. 서점에도 치유의 글쓰기와 관련된 책이 많이 나와 있는데요. 아직 에세이를 쓰지 않은 분들이 계시다면 딱 한 번이라도 자신이 겪은 사소한 일을 글로 써봤으면 좋겠어요. 그럼 순간의 내 감정이 안 좋은 상태로 가슴 속에 계속 고여 있는 게 아니라 아주 유연해져서 한 단계 더 나아가는 느낌이 들거든요. 안 좋은 상황을 버려두는 게 아니라 개선해나간다는 느낌을 에세이를 썼을 때 받았던 것 같아요.

04

에세이를 쓸 때 주제를 정해놓고 써야 하나요?

한 편의 에세이를 쓸 때, 주제를 먼저
생각하고 쓰나요? 아니면 쓰다가
자연스레 주제가 정해지나요?

A 대부분은 주제를 정하고 씁니다. 그러니까 그 글에서 내
가 뭘 말하고 싶은지 '결론은 이걸로 해야겠다'라는 방
향을 염두에 두고 쓰기 시작해요. 에세이는 하나의 에피
소드를 쭉 늘려서 쓰기보다 단편 단편이 연결되는 경우
가 많은데, 그 각각의 에피소드를 조금 일관된 것들로
모으기 시작하는 것부터가 주제를 정하는 과정이지 싶
어요. 예를 들어 책을 어떻게 다루는지에 대해 쓰고 싶
다고 하면 저의 경우를 하나 쓸 테고 (저는 밑줄을 팍팍
긋고 페이지를 반으로 접는 등 험하게 다뤄요) 또 하나는 타
인의 책 다루는 방법에 대한 이야기를 기억해서 씁니
다. (예전에 팟캐스트에 출연한 적이 있는데 장강명 작가는 책
을 굉장히 소중히 다뤄서 활짝 펼치지도 않는다고 해요) 그럼
2개의 에피소드가 생겼죠? 여기서 하나 더 추가해도 좋
고 본인의 생각으로 마무리해도 좋습니다. 이렇게 쓰면

주제가 어느 정도 잡힌 에세이가 되겠죠? 통일감도 있고요. 그렇지 않은 경우가 없진 않아요. 저는 '완벽하게 써야지' 하고 쓰기보다 '일단 뭐라도 쓰자'라는 생각으로 키보드 위에 손을 올릴 때도 있거든요. 그때는 주제랄 것까진 떠올리지 않고 그냥 요즘 일상에 대해 주저리주저리 늘어놔요. 그걸 사람들에게 공개(브런치나 블로그에 올려서)하느냐 마느냐는 나중의 문제입니다.

글의 주제를 깊이 고민하다 보면 쓰기를 망설이게 됩니다. 잘 쓰고 싶어지거든요. 일단 빈 문서를 열고 뭐라도 치세요. 이때 앞에서도 말했듯 일상의 소소한 에피소드를 쓰는 연습을 하세요. 거기서 찾아지는 의미, 나의 생각이 주제가 됩니다. 제가 자꾸 에피소드를 메모하고 쓰라는 이유는 독자에게 생생한 공감을 얻기 위해서입니다. 글을 읽었을 때 이미지가 그려지면 가장 좋거든요. 조금 다른 얘기일 수도 있지만, 제가 좋아하는 장르 중에 인터뷰집이 있습니다. 얼마 전에 영화나 드라마의 조연 즉 신스틸러들의 인터뷰를 실은 『신스틸러에게 묻다』라는 책을 읽었는데요. 책이 두껍고 무거운데 출퇴근길 시간 가는 줄 모르고 읽었어요. 제가 곰곰이 생각을 해보니까 이 책이 (혹은 다른 인터뷰 책이) 재미있는 이유 중 하나는 '내가 아는 사람의 이야기이기 때문이지 않을까' 하는 거였어요. 즉 저는 그 배우들의 얼굴을 알아요. 물론 책에도 배우의 사진이 나옵니다. 그리고 그들이 출연한 영화나 드라마를 본 적이 있어요. 그러니까 그 사람을 떠올리기가 쉬운 거예요. 어쩔 땐 책을 읽는 게 아니라 그 사람의 목소리가 들리는 것 같아요. 그러니 술술 잘 읽히죠. 독자들은 글을 읽으면서 머릿속으로는 상상을 해요. 상상하기가 쉬우면 책이 잘 읽힙니다. 우리 주변을 잘 관찰하고 경험을 적는 연습을 꾸준히 하라는 것이 여기 있어요.

다양한 상황을 써봐야 독자가 읽는 것과 동시에 이미지를 그릴 수 있는 글을 잘 쓸 수 있어요. 주제가 선명하게 드러나면 탁월한 글이 될 수 있겠죠. 하지만 요즘은 그렇지 않은 에세이도 많이 나옵니다. 주제가 있는 글이라고 하면 왠지 어렵게 느껴지지 않던가요? 결론을 내린 글도 그래요. 결론 없이 툭 끝나도 괜찮습니다. 쓰는 재미를 붙이는 게 우선입니다. 주제가 있는 글, 결론을 내린 글에 대한 강박을 조금 내려놓으세요.

05

심플하고 매력적인 글을
쓰기 위한 방법이
궁금해요

구구절절하게 내 이야기를 풀어쓰지 않고,
좀 더 심플하고 매력적인 글쓰기를
해보고 싶습니다.

A 이 질문에 답이 될 만한 글을 알고 있습니다. 바로 무라카미 하루키의 에세이죠. 많은 분들이 그의 소설만큼이나 에세이를 즐겨 읽습니다. 저도 마찬가지고요. 무라카미 하루키의 에세이 중 아무거나 골라서 아무 페이지나 펼쳐봐도 심플하고 매력적인 글이 보일 거예요. 그렇다면 무라카미 하루키처럼 에세이를 쓰려면 어떻게 하면 될까요? (저도 하루키처럼 잘 쓰고 싶습니다!) 자, 다소 시간이 필요하지만 간단하고 바로 시도해볼 수 있는 방법을 알려드리죠.

자신이 쓰고 싶은 스타일의 글이 있으면 어딘가에서 그런 글을 읽어봤기 때문일 겁니다. 제가 이 질문의 답으로 하루키의 에세이를 꼽은 것처럼요. 그런 작가의 글이 있다면 베껴 쓰기를 해보세요. 예로 하루키의 에세이를 하나 골라서 통으로 필사를 해보는 겁니다. 제가 자주 쓰는 방법이기도 한데요. 질투가 날 만큼 마음에 쏙 드는 글이 있다면 그대로 옮겨 적는 거예요. 한 번만 해서는 천재가 아닌 이상 내 것으로 소화하기 힘들겠죠. 필요하다면 한 권을 통으로 다 필사해봐도 좋습니다. 정말 하루키 같은 에세이를 쓰고 싶다면요. 그러나 보통은 한 권을 처음부터 끝까지 읽고 그중 마음에 드는 에세이를 열 편 정도만 필사해봐도 일정한 패턴이란 게 보일 거예요. 하루키는 대단한 주제에 대해 이야기하지 않습니다. 그는 대수롭지 않은 것들을 글감으로 아주 잘 활용하죠. 예를 들어 자신의 뮤즈라고 하는 고양이(일명 장수고양이입니다)에 대한 일화를 출산 편, 잠꼬대 편 등으로 나눠 쓴다던지 손님이 없는 회전 초밥집에서 요리사와 단둘이 있었던 경험(요리사는 손님이 없어 신선도가 떨어지니 회전초밥을 하나도 만들어놓지 않다가 하루키가 등장하자 초밥을 만들기 시작했다는데 솔직히 전혀 맛있지 않았다고 하네요. 그도 그럴 것이 저 같아도 너무 부담스러웠을 것 같아요), 그리고 어딘가 어두운 인상을 줄 수 있다며 아래를 보고 걸었던 일에 대한 글도 있죠. 그런데 하루키만의 매력은 그런 사소한 글에 한 방 같은 걸 꼭 넣는다는 겁니다.

쉽게 말해 작더라도 메시지를 남겨준다는 거죠. 읽어보면 알겠지만 대부분의 에세이에 이런 흔적을 남겨둡니다. 등을 쭉 펴고 걸으면 기분이 상쾌하고 멀리까지 보이며 숨도 깊이 쉬어진다고 우리가 아주 모르지 않는 것들에 대해 이야기하는데, 그런 걸 한 번 상기시켜줌으로써 작가의 사소함을 대수롭게 여기는 매력이 발산되는 것 같아요. 어려운 용어 하나도 안 쓰고 쉽고 편한 말들로 일상에 대해 이야기하면서 잽을 살짝 날려주는데 이런 식이에요. 등을 쭉 펴고 걷는 건 좋지만 너무 앞만 보고 가면 발끝에 뭔가 걸리기도 한다는.

제가 최근에 필사한 국내 작가의 에세이는 한수희 작가의 『무리하지 않는 선에서』와 김신지 작가의 『평일도 인생이니까』입니다. 사실 그밖에도 많은데요. 일단 이 두 권의 책만 추천드릴게요. 하루키만큼이나 매력적이고 멋진 에세이를 쓰는 작가들입니다. 에세이를 읽다가 공감 가는 문장에 밑줄을 긋고 필사를 해두는 것도 좋지만 때로는 한 꼭지를 통으로 필사해보면 전체적인 맥락도 익히게 되고 나도 겪었을 법한 일을 작가는 이렇게 글로 남겼구나 싶은 마음에 내 이야기도 쓰고 싶어져요.

언젠가 들은 팟캐스트에서 오은 시인은 '가장 좋은 책은 읽은 뒤 쓰고 싶게 만드는 책이 아닐까?'라는 말을 했어요. 저도 같은 생각이에요. 나도 이런 비슷한 일을 겪고 다르지 않은 생각을 했던 것 같은데 왜 글로 남겨두지 않았을까 싶은 반성도 하게 돼요. 여러분이 아, 좋다! 했던 에세이는 한 번쯤 필사해보시기 바랍니다. 통 필사도 꾸준히 하면 자기만의 스타일이 반드시 나와요. 시간을 들이세요. 단기간에 되는 건 아무것도 없습니다. 단기간에 된다 하더라도 그런 건 금방 잊혀요. 차곡차곡 벽돌 쌓는단 생각으로 써보세요.

06

타인이 내 글에
공감하게 하는 비법이
궁금해요

책에서 '감응력'을 말씀하셨는데, 내 감정을
과연 읽는 사람들이 공감할 수 있을지
매번 고민이 됩니다.

이런 고민을 하는 이유는 너무 폭넓은 대상을 상대로
글을 쓰려고 하기 때문이에요. 내 감정을 사람들이 공감
할 수 있을까? 당연히 공감하는 사람도 있고 못하는 사
람도 있죠. 저도 가끔 SNS에 올라오는 제 책에 대한 감
상평을 접하곤 하는데 한 독자가 이렇게 썼어요. "저자
의 육아에 대한 부분은 공감됐지만 결혼에 대한 생각은
납득되지 않았다. 하지만 좋았다". (마지막 멘트가 없었다
면 제가 상당히 울적했겠죠, 농담입니다) 어쨌든 타인은 내
가 아닌데 어떻게 그 사람 마음에 내 글이 온전히 공감
될 수 있겠어요? 그런 글이 과연 있기나 할까요?

감응력이라는 것은 모든 사람을 상대로 이끌어내려고
하면 안 됩니다. 대상(독자)을 좁히세요. 그리고 글이라
는 건, 책이라는 건 제목이 있기 때문에 내 이야기다 싶

은 것만 보게 돼 있어요. (편집자들이 괜히 있는 게 아닙니다. 그분들이 그런 역할을 톡톡히 해주고 있어요) 그러니까 결론은 쓰기 전부터 고민할 필요가 없다는 뜻이에요. 일단 본인이 쓰고 싶은 글이 있다면, 쓰세요! '내 감정을 누가 이해하겠어?'라는 생각을 갖고 키보드 위에 손을 올리지 말라는 거예요. 굳이 대상을 미리 생각하고 써야겠다 싶으면 '공감하는 사람이 있다!'라는 가정 하에 쓰세요. (당연히 있으니까요) 나는 이 세상에 나밖에 없지만 '나 같은' 사람은 어딘가 반드시 있어요. 그 사람들이 여러분의 책을 읽고 공감하면 되는 겁니다. 꼭 그럴 거고요.

요즘 에세이는 굉장히 세분화되어 있어요. 예전에는 사랑, 이별, 행복, 우울, 이런 식으로 크게 크게 나뉘었다면 요즘은 우울한데 좋기도 하고, 짜증 나지만 사랑스럽기도 하고, 기쁜데 슬픈 것처럼 묘하고 구체적인 감정에 대한 사례를 많이 써요. (지금 바로 온라인 서점에 들어가서 에세이 카테고리를 클릭해보세요!) 어쩔 때 보면 글쓴이도 본인의 감정 상태가 어떤 건지 정확히 모르는 것처럼 보이기도 해요. 그게 우리의 현실 감정이기도 하고요. 명확히 나눌 필요가 없어요. 대상의 확실한 분류와 세밀

한 건 다른 얘기입니다. 책의 주제가 세밀해졌기 때문에 '사람들이 공감하지 못하면 어떡하지?'라는 고민은 할 필요가 없어요. 누군가는 공감하게 돼 있어요. 아마 그런 여러분의 글을 읽고 누군가가 "인생책, 인생작가를 만났다!"라고 할 수도 있는 거라고요. 희망의 끈을 섣불리 놓아버리지 마세요.

07

책의 문구를 자연스럽게
인용하고 싶은데
노하우가 있나요?

Q

책의 문구를 잘 인용하거나 인상적이었던
글귀로 나의 글쓰기를 확장할 수 있는
방법이 있나요?

A

저도 책의 문장을 많이 인용하는 편은 아닌데요. 책을
읽고 필사를 할수록 인용하는 횟수는 확실히 늘더라고
요. 어쨌든 밑줄을 긋고 필사를 하는 건 내가 작가의 생
각과 주장에 공감했고 문장에 감동받았다는 뜻이기에
이걸 내 글에 녹인다면 글이 좀 더 풍성해지겠다는 생
각을 하게 됐거든요. 한편으로는 자랑하고 싶어지기도
하죠. '난 이런 책을 읽었고 거기서 내가 좋았던 문장은
이건데, 여러분도 읽어보실래요?' 하고. 실제로 다른 책
내용을 인용한 글이 많기도 하죠. 최근에 제가 읽은 책
중에는 은유 작가의 『다가오는 말들』이 훌륭하고 탁월
한 문장 인용 사례인 것 같아요. 은유 작가는 워낙 방대
한 양의 독서를 하고 그걸 필사해놓는 걸로 유명한데요.
(필사 노트가 사과 박스만큼 있다고 하시더군요.) 그걸로 끝이
아니라 본인의 글에 녹임으로써 독자들에게 두 배의 독

서 유익을 주기도 하죠. 실제로 그런 책을 읽으면 작가가 글에서 인용한 책을 찾아 읽어보고 싶은 경우가 많잖아요. 저는 책 구입의 50퍼센트 이상은 책에서 언급한 책을 사요. 궁금해서 참을 수가 없어서 아직 못 읽은 책이 많아도 또 삽니다. 독서를 위해 읽을 책을 사는 게 아니라 사놓은 책 중에 읽는 거라는 말도 있지요.

다시 질문으로 돌아가서, 이렇게 책의 문장을 인용하고 나의 글쓰기를 확장하는 방법이 따로 있는 건 아니에요. 제가 보기에 둘 중 하나인 것 같아요. 어떤 문장을 인용하고 싶어서 그것과 어울리는 새로운 글을 쓰는 경우와 어떤 글을 쓰다가 예전에 읽었던 책의 인상적인 문장을 넣었으면 좋겠다는 아이디어가 떠올라서 삽입하는 경우. 후자의 경우 예상 못했던 결과니까 기분이 매우 좋죠. 필사해놓은 보람이 있다 싶기도 하고요. 그러려면 내가 따로 밑줄 그어놓았거나 필사해놓은 문장을 잘 기억해놔야겠죠? 잘 기억하는 방법은 그 문장을 소리 내서 읽어보고, 읽으면서 머리로 이해를 하고 내 방식대로 해석을 해보는 겁니다. 단순히 문체가 아름다워서 기억하고 싶은 경우도 있지만 저자의 삶의 방식이나 사고의 방법 등이 내 마음에 들기 때문일 때도 있잖아요. 이럴 땐 이해를 해서 내 것으로 소화를 해야 나중에 글에서 인용하기가 쉬워집니다. 만약에 이런 글을 좀 자주 쓰는 편이라면 파일을 나눠서 필사를 해놔도 좋겠죠. 흔하게는 책을 읽고 파일 하나를 그 책에서 밑줄 그은 문장들만 골라서 쭉 필사를 해놓았다면 파일을 분류한다는 것은 (분류의 방식도 가짓수가 많겠지만 예를 들어) 나, 가족, 타인, 애인, 자식 등에 관한 이야기로 분류한다거나 사랑, 질투, 감사, 이해 등 이런 식으로 나눠서 저장해놓으면 그때그때 찾아서 인용하기가 참 쉽겠죠. 앞에서 언급한 은유 작가의 『다가오는 말들』을 읽고 제가 필사를 해놓을 때를 예로 들어볼게요.

"살아 계셨으면 일흔일곱. 우리 엄마도 저이들처럼 억척스럽게 장 보고 김장을 하고 삭신이 쑤신다며 앓아누우셨을까. 엄마는 그즈음 부쩍 음식 간이 안 맞는다고, 뭘 해도 맛이 없고 김치도 짜기만 하다고 낙심했다. 혀가 늙는다는 것도, 김치 담그기가 중노동이라는 것도 30대인 나는 알지 못했다. 김장을 안 해도 된다는 것을 그 시절 엄마가 알지 못했듯이."

위의 문장은 '가족' 혹은 '엄마', '그리움' 파일에 저장을 해놓는 거죠.

"글쓰기에서 사람들이 가장 힘들어하는 건 마무리다. 이메일 말미에 '오늘도 행복한 하루 보내세요'라고 쓰거나, 일기장 마지막 문장으로 '오늘도 참 보람찬 하루였다'라고 하는 것처럼 글쓰기에서도 교훈적인 맺음에 집착한다. 즉 불행한 채로 끝나는 걸 두려워한다. 불행은 어서 벗어나야 할 상태라는 강박이 있다 보니 그때는 불행했지만 지금은 괜찮다고 서투르게 봉합하는 식이다. 그러나 삶에는 결론이 없는데 글에서 거창한 결론을 내려고 하면 글이 억지스럽게 마련이다."

이 문장은 '글쓰기'나 '강박' 파일에 저장을 해놓으면 빠르게 활용할 수 있겠죠. 분류는 여러분 마음대로 하면 됩니다. 본인이 자주 쓰는 글감이 있을 텐데 그것 위주로 분류해놓으면 되겠죠? 남는 독서를 하세요. 어쨌거나 내 글에 피가 되고 살이 됩니다.

『사적인 글쓰기』를 쓴 류대성 저자는 동일한 발췌라고

하더라도 인용 방법에 따라 글은 전혀 다른 모습이 된다며, 재료보다도 레시피가 더 중요하다는 말을 합니다. 즉, 다른 책에서 발견한 좋은 문장도 얼마만큼 '내 것화' 했는지가 중요합니다. 내 에세이에는 나만의 레시피가 있을 테니 싱싱하고 맛있는 재료를 적절히 넣으면 감칠맛 나겠죠?

내 글에 대한 피드백,
꼭 받아야 하나요?

나의 글을 주변 사람들에게 먼저
읽어보게 해야 할까요?
좀 부끄러운데요.

네. 꼭 받아야 합니다. 우리는 지금 일기를 잘 쓰려고 하
는 게 아닙니다. 일기를 에세이로 발전시키기 위해서
이 책을 읽고 있는 거잖아요. 자, 피드백받기 부끄러워
서 타인에게 보여주지 않고, 공개하지 않고 내 서랍에
만 넣어둘 거라면 일기를 계속 쓰시면 돼요. 그럴 게 아
니라면 부끄럽다는 감정 정도는 거뜬히 이겨내셔야 해
요. 사실 피드백은 무시해도 남들에게 공개하는 과정은
필요합니다. 이때 여러분과 사이가 안 좋은 가족, 친구,
직장 동료에겐 보여주지 마세요. 그 상대는 이미 여러분
에게 반기를 들 준비가 돼 있는 사람이니까요. (생각해보
니 사이가 안 좋은 사람한테 글을 보여줄 리는 없겠네요) 평소
나의 이야기를 잘 들어주고 이해해주는 가족이나 친구
가 있잖아요. 그런 상대에게 보여주세요. 그들은 여러분
을 해치지 않아요. 이 사람들이 좋은 이야기만 할 것 같

나요? 아닙니다. 여러분의 발전을 위해서 쓴소리도 해줄 거예요. 잘못된 부분도 지적해줄 테고요. 하지만 듣는 나는 어떨까요? 기분이 엄청 나쁠까요? 아니에요. 우린 서로 그런 사이가 아니니까요. 안 좋은 말을 해도 별로 기분 나쁠 것 같지 않을 만큼 나와 우호적인 관계에 놓인 사람에게 보여주세요.

저에게도 이런 상대가 둘 있습니다. 제가 글을 외부에 오픈하기 전에 보여주는 사람들인데, 친언니와 남편이에요. 물론 때에 따라서 몇 명이 추가되기도 하지만 이 둘에게는 거의 보여줍니다. 이 둘이 저의 가족이라고 해서 쉬운 상대인 건 아닙니다. 때론 가까워서 더 두렵기도 해요. 할 말 못할 말 다 하는 사이니까요. 저희 언니는 오타를 참 잘 찾아냅니다. 때로는 오타 찾으려고 내 글을 읽나 싶을 정도예요. 하지만 인정하지 않을 수 없는 오타 찾기 실력을 갖췄습니다. 평소 책을 많이 읽어서 그런 것 같아요. 저만큼이나 책을 좋아하거든요. 어쩜 그렇게 잘 찾는지 제가 세 번을 읽고 담당 편집자가 수차례 읽은 글에서도 못 찾은 오타를 발견합니다. 대단하죠? 언니가 오타나 문장의 오류를 지적할 땐 (저도 인간이라서) 약간 발끈합니다. 그런 것 있잖아요. 틀린 걸 알긴 알겠는데 짜증 나는. 하지만 잘못을 인정해야죠. 어쩌겠어요? 오타는 오타니까. 이런 상대에게 글을 보여주면 칭찬도 아끼지 않습니다. 서로 솔직한 관계이기 때문이에요. 예전에 작은 공모전에 글을 내려고 에세이를 한 편 쓰고 보내기 전에 언니에게 보여줬는데 (사실 이때도 두려운 마음이 어느 정도 있었어요. 별로라고 할까봐) 언니가 제 글을 읽고 눈물이 핑 돌았다는 얘기를 해줬어요. (헉 정말? 하고 잔뜩 기대를 했지만 공모전에선 탈락했습니다) 결국 입상하진 못했지만 언니가 제 글을 읽고 그런 감정을 느꼈다니 기대 이상으로 '이 정도면 됐다' 싶은 마음까지 들더라고요. (너무 포기가 빨랐죠? 뭐 다음에 더 잘 쓰면 되죠!) 남편은 본인 입으로 자신은 '자기 객관화'가 되는 사람이라고 주장하여 나름 신뢰를 하고 있습니다. 연애할 때부터 저 얘기를 해서 그런지 어느 정도 납득도 돼요. 어쨌거나 저의 남편도 저와 우호적인 관계에 있지만 '아닌 건 아니다'라고 얘기하는 상대예요. 그렇기 때문에 반드시 제가 쓴 글을 먼저 보여주죠. 에세이 같은 긴 글도 보여주지만 남편에게는 주로 제가 쓴 카피에 대한 의견을 많이 묻습니다. 동종업계에서 일 하기도 했고 디자이너라서 서로의 업무를 100퍼센트 이해하고 있기에 피드백도 확실하게 줍니다. 그런 면에 있어서 저 또한 과거에 디자이너였기 때문에 남편의 작업물에 대해 냉정하게 피드백을 줍니다. 저희는 서로의 의견을 완전하게 받아들이진 않지만 일정 부분 신뢰는 하고 있어요. 뭐, 때로는 서로가 준 의견에서 받아들이고 싶은 부분만 받아들입니다. 얘기가 삼천포로 살짝 빠졌는데요, 어쨌거나 나 아닌 다른 사람에게 글을 보여준다는 건 중요한 과정입니다. 부끄럽다고 해서, 욕을 먹거나 악플 달리는 게 두렵다고 해서 공개하지 않는다면 다음 단계로 넘어가기가 쉽지 않아요. 인간이기에 감정에 휘둘리고 상처받을 순 있지만 쿨하게 넘기세요. 그래야 더 나은 글을 쓸 수 있어요.

09

에세이를 쓸 때
주 독자 타깃을
어떻게 정하면 좋을까요?

Q

에세이를 쓸 때 어떤 사람들이
내 글을 읽는다고 생각하면
글쓰기가 더 편해질까요?

A 내 글을 필요로 하는 사람들이 읽는다고 생각하면 가장 편할 거예요. 즉 글을 쓰면서 누군가는 내 글에 공감하며 '맞아, 맞아'할 거라 주문을 거세요. 저는 커피 관련 책을 쓸 땐 '마케터나 카피라이터라면 내 글이 도움이 되겠지'라는 생각을 하면서 쓰면 용기가 나더라고요. 육아 소재로 에세이를 쓸 때는 '나와 비슷한 상황인 워킹맘이 읽을 거야', '나처럼 아이를 사랑하지만 나 자신 또한 지키고 싶은 엄마들이 내 글을 읽으면 위로가 되고 도움이 되겠지'라는 마음가짐으로 썼어요. 이게 바로 타깃을 정하는 거겠지요. 우리는 어느 정도 알고 있습니다. 내가 쓴 글을 읽을 사람을요. 그건 내 글이 어느 정도 쌓였을 때 파악하기가 쉬워집니다. 제가 평소 글을 올리는 브런치를 보면 구독하기 버튼이 있는데요. 누군가가 제 글을 읽고 구독하기 버튼을 누르면 저에게 메시

지가 뜨는데 저는 가끔 역으로 이분들의 브런치에 들어가봅니다. 간혹 글이 하나도 없는 경우도 있지만 대부분 글이 올라와 있는데 그걸 보면 저와 비슷한 걸 좋아하고 유사 경험이 있는 분들이 대부분이었어요. 이렇게 끌리는 건 나와 다른 사람보다 공유할 게 많아 보이는 쪽이겠죠. 하지만 이런 경우도 있어요. 제가 올린 글이 브런치 내에서 반응이 좋으면 다른 채널에 업로드되기도 하는데 그 채널에는 제 글을 읽어보지 않은 첫 독자들이 있어요. 그들은 제 글을 읽고 반대 의견을 제시하는 경우가 많았어요. 이럴 때 가끔 안 좋은 댓글도 달리고 개인 계정의 메일로 장문의 편지가 날아오기도 합니다. 처음 그런 편지를 받았을 땐 조금 섬뜩하기도 했지만 굳이 답장 같은 건 하지 않기로 했어요. '내 글을 읽고 이런 의견이 나올 수도 있구나' 하고 받아들이면 그만인 거죠. 늘 얘기하듯 모두가 나의 글을 좋아할 리 없으니까요. 그러니까 일단은 '나와 비슷한 취향과 생각을 가진 사람이 내 글을 읽을 것이다'라고 가정하며 글을 쓰세요. 앞에서 말한 것처럼 한두 개의 글 가지고 글의 성격을 가늠하긴 어려우니 많이 써서 본인의 스타일을 확고히 자리매김해놓을 필요도 있겠습니다.

글쓰기를 미루지 않도록
루틴을 만드는 방법을
알려주세요

본업에 열중하다 보면 글쓰기를 자꾸 미루게 되는데요, 글쓰기를 나의 루틴으로 만들 수 있는 가장 좋은 방법은 무엇일까요?

이 질문에 대한 답은 저자마다 다양한 방법이 있을 것 같은데 저는 시간을 내서 하질 않는 게 저만의 루틴이라면 루틴입니다. 즉 쓰기나 읽기 모두 '틈틈이' 하고 있어요. 회사에 다니는 동안 업무 시간에 잠깐 짬을 내 이 책의 초안을 쓰곤 했어요. (사장님께는 비밀) 빈틈이 생길 때마다 하지 않으면 사실 물리적으로 시간을 내기가 어렵더라고요. 직장인이고 워킹맘이라면 퇴근하자마자 집에 가서 육아와 살림을 해결해야 하기 때문에 '집에 가서 글 써야지'가 잘 안 되더라고요. 물론 주말에 남편이 아이를 데리고 시댁에 가거나 놀이터에 가면 잠깐씩 노트북을 열긴 합니다만 글을 쓰는 대신 즐겨찾기 해둔 쇼핑몰에 들어가는 저를 보곤 하죠. 물욕에서 자유롭지 못하다는 이유도 있지만 집에서 작업하지 못하는 또 다른 이유 중 하나가 집안일이 자꾸 보이기 때문이에요.

온전히 집중을 못하는 거죠. (차라리 노트북을 들고 카페라도 가면 그나마 낫습니다만 또다시 쇼핑몰을 순회하고 있을 게 뻔합니다) 회사 업무라는 게 오전 9시부터 오후 6시까지 빼곡히 있는 건 아니잖아요. 본인이 시간을 조절할 수도 있고요. 저는 20, 30분씩이라도 공백이 생기면 뭐라도 썼어요. 지금처럼 써야 되는 원고가 있으면 조금이라도 써놓습니다. 근데 도저히 써지지 않을 때도 있고 너무 귀찮아서 가만히 있고 싶을 때도 있는데요. 그냥 꾹 참고 키보드에 손을 올리죠. 진짜 하다못해 필사라도 해요. 전설적인 편집자 다이애너 애실이 쓴 『어떻게 늙을까』라는 책에서 그녀는 자신이 읽고 있는 『소설 개스켈 부인』에 대해 잠깐 언급하는데 책 쓰기를 탈출구로 완벽하게 이용하는 사람이 있다면 개스켈 부인일 거라고 확신합니다. '그렇게 열심히 바쁘게 살면서도 어떻게든 자신만의 시간을 내어 책을 썼다'면서 자기만의 시간을 만드는 것보다 그런 시간이 생겼을 때 원하는 일에 온전하게 몰두할 수 있는 능력이 중요하다고 말합니다. 정말로 맞는 얘기입니다. 제가 꼭 가지고 싶은 능력이기도 하고요.

회사 다닐 때 제 일상은 아이를 어린이집에서 데려온 후 저녁을 먹이고 씻긴 다음 좀 놀아주다가 재우는 거였는데 당시에 제가 워낙 출근이 이르다 보니 저도 일찍 자야 다음 날 원활하게 회사 일을 할 수 있더라고요. 그래서 아이가 잘 때 같이 잤어요. 저는 하루에 7~8시간은 자려고 해요. 잠을 적게 자면 업무 집중도도 떨어지고 하루가 무너지다시피 하더라고요. 전날 잠을 푹 자야 업무 중 빈 시간에도 딴 생각 없이 집중이 잘됐어요. 이 부분은 개인마다 라이프스타일 패턴이 다르니 차이는 있을 거예요.

책 읽는 것도 마찬가지예요. 회사 다닐 때 출퇴근 시간이 길어서 대중교통을 이용하는 동안 많이 읽었지만 회사에서도 짬짬이 읽었어요. 예를 들어서 오전에 써야 하는 웹 배너 타이틀을 마무리 짓고 다음 일로 넘어가기 전에 에세이를 한 꼭지 읽는 거예요. 오 분에서 십 분이면 충분하니까요. 장편 소설을 읽는 건 흐름이 끊기니까 안 되고 손바닥 소설이 아닌 이상 단편 소설도 시간을 좀 필요로 해서 에세이 한 꼭지 정도가 가장 적당하더라고요. 읽고 나면 정신 환기도 되고 다음 작업으로 넘어갈 때 도움 될 만한 문장을 발견하게 될 때도 있어요. 어떤 날은 타임지 에세이스트 로저 로젠블라트가 쓴 『유쾌하게 나이드는 법 58』을 읽었습니다. 연결되는 이야기가 아니고 독립적인 메시지들인 데다 짧은 분량이라 틈틈이 읽기 좋더라고요. 한 꼭지 읽으면 더 읽고 싶어도 책을 탁 덮어놓고 다시 일을 시작했어요. 다음 작업을 마쳐놓고 또 한 꼭지를 읽었습니다. 마치 보상처럼요. 늘 이런 식이다 보니 이게 저의 루틴이 되었어요. 작가마다 글이 잘 써지는 시간이 있는데 당시에는 평일 오후 두세 시가 가장 잘 써지더라고요. 다행인지 불행인지 알 수 없지만 어쨌든 쓰고 있다는 게 중요하니까요. 하지만 이 방식이 백퍼센트 좋다고 할 순 없습니다. 장시간 끌고 가는 힘이 부족해서 일정 시간을 넘기는 게 어렵더라고요. 그래서 퇴근 후 아이 재워놓고 잠을 좀 줄여서라도 두세 시간씩 쭉 써보고 싶었지만. 글쎄요, 쉽지 않았습니다. 요즘은 책방에 손님이 없을 때 글을 써요. 책방 문을 연 지 얼마 되지 않아 손님이 별로 없어서 제가 우스갯소리로 가족들에게 이런 얘길 했어요. 비싼 작업실을 얻은 기분이라고. 어쨌거나 지금 방식대로 틈이 생길 때마다 쓰고 읽으려고요. 끝으로 얼마 전 잡지

『미스테리아 24호』에서 읽은 인상적인 인터뷰를 공유합니다. 작가 셜리 잭슨의 인터뷰(〈The New York〉 기사 중 일부 재인용)였는데요, 글을 쓰는 바쁜 엄마라면 누구라도 공감할 거예요.

"내 상황은 특히 처절하다. 나는 무지한 판단 착오로 인해 아이 넷과 남편과 방 열여덟 칸짜리 집에, 집안일 도와주는 사람 없이, 그레이트데인 개 두 마리, 고양이 네 마리와 함께 산다. (중략) 그러니 타이프라이터 앞에 앉을 수 있는 시간은 하루 서너 시간 정도고, 오늘 저녁에 뭐 먹을까 고민하고 개들을 내놓고 들여놓고 거실을 정리하고 애들을 무용 교실, 프랑스어 교실, 영화관, 승마 교실 등등에 데려다주고 시내에 무용 신발을 사러 가고 (중략) 하는 데 열여섯 시간을 보낸다는 말이다. 네 시간이라도 눈을 붙일 수 있는 게 신기할 정도다. (중략) 나는 타이프라이터 앞에서 보낼 시간이 부족하기 때문에 '엄마의 망상'이라는 것을 만들어냈다. 침대를 정리하고 설거지를 하고 무용 신발을 사러 시내에 가는 동안 나는 이야기를 만든다."

11

글쓰기에 강의나
커뮤니티 활동이
도움이 될까요?

에세이 글쓰기 커뮤니티 활동도 도움이
될까요? 추천해주실 만한 강의나
커뮤니티가 있다면 알려주세요.

A 『문장 수집 생활』을 출간한 뒤 강연, 강의 요청이 많아
몇몇 군데에서 진행했어요. 대부분이 카피라이팅에 관
한 거였지만 그중 유일하게 에세이 쓰기를 진행한 데가
'문토'라는 곳이었습니다. 당시 대표님이 저의 브런치를
눈여겨보고 있다가 에세이 쓰기에 관한 모임을 같이 진
행해보면 어떻겠냐고 제안을 했죠. 일방적인 강의 방식
이 아니라 수업을 이끄는 저(리더)를 기준으로 모두 평
등한 시선에서 시작하는 글쓰기 모임이었어요. 에세이
쓰기를 가르친다기보다는 주제를 주고 함께 쓰고 함께
읽고 이야기 나누는 게 룰이었지, 합평이나 오류 지적이
이 모임의 결성 이유는 아니었어요. 처음에는 가르치는
방식의 강의만 주로 하던 저라서 이런 수업이 낯설었지
만 (그래서 자꾸 뭘 가르치려고 했죠) 시즌을 3번 정도 지
내고 나니 차차 익숙해졌어요. 그러면서 저도 수업에 대

한 부담을 많이 내려놓게 되더라고요.

에세이를 쓰기 위한 커뮤니티 활동이 도움이 되냐고 물으셨는데 결론부터 말하면 '된다'입니다. 여기서 '된다'는 글을 잘 쓰게 된다는 데 정점을 찍는 게 아니라 '꾸준히 쓰고, 공개하고 피드백을 받는다'에 있어요. 결론적으로 꾸준히 쓰면 많이 쓰게 되고 많이 쓰면 잘 쓰게 되죠. 열 명 안팎의 멤버가 요일과 시간을 정해 같은 주제로 글을 씁니다. 모임마다 다르겠지만 제가 진행했던 건 3개월 한 시즌 동안 격주로 한 번씩 모임에 나오는 거였어요. 물론 모임이 격주기 때문에 제가 과제도 내드렸어요. 주로 정해진 책을 읽어 오는 거였고, 그것에 대한 글은 수업 시간 중에 쓰는 거였죠. 모임이 3시간인데 간단히 서로의 안부를 묻고 읽고 온 책에 대해 이야기를 나눈 뒤 약 1시간 정도 글을 쓰고 나머지 시간은 사람들 앞에서 본인의 글을 소리 내서 읽습니다. 이때 (주제마다 다르지만) 참 많이들 울어요. 저도 울컥할 때가 많았어요. 글이라는 게 그런 힘이 있어요. 사람들을 집중하게 하고 마음을 한 곳으로 모으게 하는…. 내가 쓰고 읽은 글에 대해 다른 멤버들이 피드백을 주는데 아까도 말했지만 합평이 아니라서 주로 상대방의 글에서 좋았던 부분을 이야기해줍니다. "저는 A씨 글에서 이 부분이 참 좋았어요"라고 지적이 아니라 칭찬을 해주는 거죠.

물론 타인의 지적으로 잘못된 습관을 고치기도 합니다. 저 또한 과거에 글쓰기 수업을 많이 들으러 다녔는데 소설 쓰기나 시나리오 쓰기(한겨레 문화센터, 엑스북스 아카데미 등)를 배웠어요. 저는 합평이 두려운 학생이었습니다. 보통 수업이 8주면 앞에 4주는 선생님의 강의가 진행되고 나머지 4주는 합평이 이뤄지는데요. 저는 이 합평이 두려워서 일부러 빠지기도 했어요. 저도 지적받는 게 무척이나 두렵고 싫었습니다. 하지만 어느 순간 그걸 버텼더니 배울 점이 확실히 많다는 걸 깨달았어요. 그 전에는 강사가 아닌 나와 같이 모임을 듣는 멤버들이 나에게 지적해주는 게 못마땅했는데 그럴 게 아니더라고요. 한번은 제가 짧은 소설을 썼는데, 합평하는 시간에 제가 무의식중에 '~한 채'를 반복적으로 쓴다는 걸 지적받은 적이 있어요. 전혀 의식 못하고 있다가 아차 싶었죠. 실제로 한 문단 안에 세 번인가를 썼더라고요. 그다음부터 동어반복은 많이 고치게 됐습니다. 더불어 제가 어떤 부분을 잘 묘사하는지에 대해서 칭찬을 받기도 했어요. 당시 『시간 있으면 나 좀 좋아해줘』를 쓴 홍희정 소설가의 수업을 들었는데 저더러 섬뜩한 묘사를 잘한다고 '굿! 굿!'을 날려주셨죠. (하하) 작가님이 제 원고에 연필로 직접 남겨주신 메모를 아직도 간직하고 있어요. 언젠가는 꼭 제대로 된 단편 스릴러 소설을 써볼 거예요! (불끈)

글이란 게 혼자 하는 작업이지만 함께 써야 되는 시기도 있는 것 같아요. 혼자서는 잘 써지지 않고 내가 나를 컨트롤하기가 버거울 때 모임을 알아보는 것도 꽤 도움이 될 거예요. 수업 날은 빠지지 말고 반드시 참여하고 모임이 끝난 이후에도 꾸준히 쓰는 습관을 유지해나간다면 나중에는 통제력이 생겨서 혼자서도 시간 관리를 잘하면서 일정량을 반드시 써내는 글쟁이가 돼 있을 겁니다. 장담할게요!

12

댓글에 연연하지 않고
당당하게 쓰려면
어떻게 해야 할까요?

Q

나의 글을 온라인에 올리고도 사람들 반응에 쩔쩔매게 될 때가 많아요. 댓글에 연연하지 않고 당당하게 쓸 수 있는 방법이 있을까요?

A

댓글을 보지 마세요. 그러면 문제가 없겠죠? 하지만 그게 참 어려워요. 궁금하거든요, 내 글에 대한 사람들의 반응이. 저도 글을 공개한 후 사람들이 내 글에 라이킷(브런치는 '라이킷 했습니다'라고 뜹니다)을 눌렀는지, 구독자가 늘었는지, 댓글은 뭐라고 달았는지 궁금해서 수시로 살피거든요. 저 또한 예전에 올린 어떤 글에 안 좋은 댓글이 달린 적이 있는데 처음에는 부들부들하고 억울하고 화도 나서 "이 사람 누구야!" 하면서 역으로 추적도 해보고, 남편에게 이런 사정을 이야기한 뒤 남편이 (모르는 사람처럼) 반박 댓글을 달아주기도 했는데요. (하하, 지금 생각하니 참 웃음밖에 안 나오네요) 사람인지라 어쩔 수 없이 마음의 상처는 받는 것 같아요. 그럴 때 저보다 훨씬 심한 댓글을 받는 사람들을 보며 위로받으면 될까요? 그 방법은 그다지 추천하지 않습니다. 타인의 고통을 위로 삼고 싶진 않아요. 제가 안 좋은 댓글을 보고 나름 터득한 극복 방법은 "이 사람은 나에 대해 잘 몰라. 내 글도 정확히 읽지 않았어. 그러니까 신경 쓸 필요가 없어"였습니다. 실제로 안 좋은 댓글을 다는 사람들은 제 글을 제대로 읽지 않은 사람들이었어요. 왜냐하면 댓글에서 '제 글 중 일부만 읽고 열을 내며 썼구나'를 알수 있었으니까요.

제가 키우는 고양이에 대한 에세이를 써서 올린 적이 있습니다. 저는 (지금도 그렇지만) 고양이 털 때문에 엄청난 스트레스를 받았어요. 고양이가 이렇게 털이 많이 빠지는 동물인 줄 몰랐죠. 고양이 털에 관련한 이야기를 썼지만 '우리 집 고양이를 너무 좋아하고 이미 정이 잔뜩 들어버려서 털이 아무리 많이 빠진다 한들, 이 녀석이 무지개다리를 건널 때까지 잘 보살펴줄 거다' 이게 제가 쓴 글의 전문이자 핵심이었거든요. 하지만 안 좋은 댓글을 쓴 사람들 '고양이 키울 자격이 없다', '당신 집 고양이가 불쌍하다', '지금이라도 다른 집으로 보내라' 등등 글의 앞부분만 읽고 흥분해서 쓴 글이라는 게 너무 티가 났어요.

물론 다양한 경우가 존재하겠지만 그 이후로 악플은 나를 잘 알지도 못하고 일부분만 보고 쓰는 사람이 많다는 걸 깨달았죠. 그 뒤로는 상처도 받지 않고 오히려 덤덤히 답글을 달면서 그 사람의 화(?)를 좀 누그러뜨리기도 한답니다. 뭐랄까, '그렇게 흥분하고 화낼 일이 아니에요'라고 토닥이듯이. 그러고 보니 질문에 답이 있네요. 댓글에 연연하지 않고 당당하게 쓰시면 돼요! 타인의 시선을 너무 신경 쓰다 보면 한 발자국도 나가질 못해요.

한 가지 팁을 알려드리자면 가급적 악플에 답글은 달지 말라는 겁니다. 내가 답글을 달면 그 사람은 기다렸다는 듯이 또 안 좋은 이야기를 써요. 그들은 관심받고 싶어 하기 때문입니다. 그럴 땐 차라리 무관심이 답이에요. 댓글을 신경 쓰고 있다는 티를 내지 않는 겁니다. 실제로 이렇게 하는 분들도 꽤 있고요. 에세이를 한 편 써서 완성하는 데까지만 내가 할 일이라고 생각하세요. 그 이후에 사람들이 내 글을 가지고 어떻게 생각하든 그건 그들의 판단이고 입장이니까요. 하나의 에세이를 열 명이 읽었으면 열 개의 해석이 나올 수 있습니다. 한 가지

로 의견이 모아지기보다 다양한 결론이 존재한다고 믿
으면 좀 편하게 쓸 수 있을 거예요.

13

내 주변 인물 이야기를 글로 쓸 때 주의할 점이 있나요?

에세이를 쓰다 보면 내 주변 사람의 이야기를 안 할 수가 없는데요. 타인에 대한 이야기를 쓸 때 조심해야 할 만한 점이 있나요?

『작가의 시작』이란 책을 쓴 이사벨 아옌데는 '이야기를 쓰느냐, 가족과의 불화를 피하느냐, 둘 중 하나를 선택해야 할 때 프로 작가라면 누구나 전자를 택한다'고 말했습니다. 저는 이 부분이 상당한 위로가 되더라고요. 에세이라는 게 소설 같은 허구가 아니다 보니 저자의 실생활에서 시작되기 마련이라 저의 이야기 혹은 가족, 회사 동료, 친구 등의 이야기가 빠질 수 없어요. 당장은 아니더라도 언젠가는 쓰게 됩니다. 글감이 떨어지니까요. 독자들 또한 그런 일반인들의 일상적인 이야기를 통해 공감을 얻길 바라니까 재미있게 잘 써주면 좋겠죠. 하지만 에세이라는 게 늘 밝고 명랑하며 긍정적인 글만 나오란 법은 없기에 (그런 이야기가 재미있기 어렵죠) 글을 쓰다 보면 주변 인물들의 안 좋은 면을 드러내게 됩니다. 저도 그런 글을 써야 할 때 써야 되나 말아야 되나 고민이 되곤 했는데 결과적으로 이사벨 아옌데의 말처럼 (프로 작가는 아니지만) 쓰기로 한 거죠.

저도 에세이를 쓸 때 퇴고 과정에서 수정했던 부분이 시댁에 관한 이야기였어요. 책이 나오면 시어머님께 드리거나 또 시댁 쪽 사람들이 (제가 책을 드리지 않아도) 어떤 경로를 통해서든 제 책을 보게 될 수도 있는데, 당시 시댁 이야기라는 게 안 좋은 감정인 상태에서 쓴 거라 결과적으로 읽으면 기분이 나쁠 수 있겠다 싶었거든요. 그래서 이야기의 흐름을 깨지 않는 선에서 조금 순탄하게 수정하는 과정을 거쳤습니다. 그 이후 나름대로 세웠던 기준이 내 주변 사람들을 소재로 이야기를 썼을 때 상대가 상처를 받는 글을 쓰진 말자, 재미있다고 그를 바보로 만들거나 공감을 얻기 위해서 나쁜 사람을 만들지 말자고 다짐했죠.

중요한 건 타인을 소재로 한 사건이 주가 되는 것보다 그 사건을 보는 나, 즉 나의 관찰과 해석이 글의 핵심이면 돼요. 타인의 주장이나 행동은 객관적인 부분만 써주고 나머지는 그로 인한 나의 생각을 써주면 크게 문제 될 게 없겠죠. 이후의 문제는 독자들 판단에 맡기는 거예요. 어쨌거나 그 글은 나의 지인을 비방하기보다 내 의견이 대부분일 테니까 화살이 꽂혀도 나에게 꽂히게 될 테니까요. 기억하세요. 글을 쓰고 난 뒤에 내 글에 나오는 누군가가 상처를 받을 수도 있겠다 싶은 건 수정하는 과정이 반드시 필요합니다. 내가 아는 가족, 형제, 동료에게 아픔을 주면서까지 이 글을 완성할 이유가 있는지를 곰곰이 생각해보는 거예요.

그럼에도 불구하고 주변의 다양한 상황을 관찰하고 메모해뒀다가 글감으로 활용하는 건 잊지 마세요. 최대한 가족과의 불화를 피하면서 탁월한 이야기를 쓸 수 있을 거예요.

14

글쓰기에 도움이 될 만한 책을 알려주세요

글쓰기와 관련된 책이 많은데요,
에세이 글쓰기에 참고하면
좋을 책을 추천해주세요.

잘 쓰고 싶은 마음에 작법서를 참 많이 읽었습니다. 요즘에도 글쓰기에 관한 책이 나오면 주문부터 하고 봐요. 스티븐 킹의 『유혹하는 글쓰기』처럼 바이블처럼 읽히는 작법서는 물론 요즘 나오는 글쓰기 책도 필요하다면 찾아서 읽습니다. 저도 아직 갈 길이 머니까요. 글쓰기도 시대의 흐름이라는 게 있어서 동시대 독자들이 어떤 형태의 글을 원하는지 제대로 알고 그에 맞게 쓰는 노력도 필요하겠죠. 은유 작가의 『글쓰기의 최전선』, 『쓰기의 말들』, 강원국 작가의 『강원국의 글쓰기』, 김정선 작가의 『내 문장이 그렇게 이상한가요』, 송숙희 작가의 『150년 하버드 글쓰기 비법』, 이다혜 작가의 『처음부터 잘 쓰는 사람은 없습니다』, 메러디스 매런 작가의 『잘 쓰려고 하지 마라』, 나탈리 골드버그 작가의 『뼛속까지 내려가서 써라』 등의 책을 추천합니다. 이처럼 대

놓고 글쓰기에 대해 알려주는 책뿐만 아니라 다양한 분
야의 책에서 영향을 받습니다. 역으로 동화책 쓰기에 관
한 책에서 마케팅 요소를 배우기도 하고요. 이 이야기
를 좀 해볼까요? 이현 작가가 쓴 『동화 쓰는 법』이란 책
을 우연히 읽게 됐습니다. 유유 출판사 책은 일단 물성
이 가볍고 문고본처럼 부담이 없어서 자주 읽습니다. 이
책의 부제는 '이야기의 스텝을 제대로 밟기 위하여'인데
이때 제가 '이야기를 쓰는 것'에 관심이 많을 때였을 거
예요. 자그마한 책에 빼곡히 들어찬 글자를 쉼 없이 읽
던 중 이런 대목을 만났어요.

"내포독자가 명확할수록 이야기는 구체화된다. 생명력
을 얻는다. 세상에 하나밖에 없는 이야기가 된다. 단 한
사람을 위한 이야기니, 단 하나밖에 없는 이야기가 될
가능성이 커진다."

이 문장을 읽고 연필꽂이에서 형광펜을 꺼내 밑줄을 그
었어요. 제대로 기억해야겠다 싶었거든요. 저는 이 문장
이 조금 다르게 읽혔습니다. 바로 '내포독자'라는 단어
에서 '타깃'을 읽었기 때문이죠. 같은 말입니다. 마케팅

에 타깃이 있듯 책에도 내포독자가 있는 거예요. 제가 카피라이팅 강의를 하면서 마케터에게 수시로 강조하는 바가 이거였어요. '타깃을 설정하되 그 범위를 좁혀라', '구체적인 한 사람에게 이야기하듯 물건을 팔아라'. 어떤가요? 이현 작가가 『동화책 쓰는 법』에서 언급한 것과 비슷하죠? 저는 이 문장을 강의나 강연할 때 자주 언급하며 예로 들곤 했습니다. 이건 정말 "네가 왜 여기서 나와?"와 비슷한 상황이었지요.

결론은 글쓰기에 도움이 되는 책은 많습니다. 어찌 보면 책 자체가 글쓰기에 많은 영향을 주죠. 요즘은 제목을 꽤나 구체적으로 짓기 때문에 자신이 어느 분야의 글쓰기를 필요로 하는지 잘 파악하기만 하면 관련 도서를 찾기는 쉬워요. 저는 여기서 이런 말을 해드리고 싶어요. 글쓰기를 잘하고 싶다면 글쓰기 책만 읽어서는 절대 안 된다고요. 다양한 책을 읽으면서 그 안에서 내가 원하는 것을 얻게 될 때 더 잘 기억되기 때문에 그런 경험을 자주 해보셨으면 해요. 즉 다방면으로 책을 읽으라는 겁니다. 어느 한 분야에 국한된 책을 읽는 게 아니라 정치, 과학, 예술, 역사 등 나와 관련 없을 것 같은 분야의 책에서도 얼마든지 글쓰기에 관한 팁을 얻을 수 있다는 걸 경험했으면 좋겠어요.

최근에 저는 팀 페리스의 『타이탄의 도구들』이란 책을 전자책으로 읽었어요. 꽤 두꺼운 책인데 시간 가는 줄 모르고 봤어요. 사실 이 책을 읽을 때 글쓰기에 관한 팁을 얻게 되리라고는 전혀 예상하지 못했는데, 너무 많은 곳에서 작법 혹은 글 쓰는 삶에 대한 이야기를 접했어요. 의외의 장소에서 은인을 만난 기분이랄까요? 예를 들어 "상상도 못할 기회는 아주 작은 곳에서 발견된다. 삶의 유일한 배움은 마이크로(micro)에서 매크로(macro)를 찾아내는 것이다" 이 부분은 제가 카피 혹은 에세이를 쓸 때 디테일을 가장 신경 쓰기 때문에 새롭게 받아들여졌어요. "밤에만 일기를 쓰면 '오늘은 정말 스트레스 많았고 짜증 나는 하루였어'로 채워질 가능성이 높다. 일기는 피곤한 하루의 마무리가 아니라 활기찬 하루의 시작을 위해 쓸 때 가장 효과적이다" 이 부분은 제가 실제로 아침에 일기를 쓰는데, 그것에 대한 보충 설명 같아서 뜻밖의 동지를 만난 기분이었죠. (앞서 언급하였듯이 저는 아침에 "오늘 쓰는 어제" 글을 쓰곤 합니다) 하나 더, "시작이 활기차면 하루가 몰라보게 달라진다. 밤의 일기 내용도 확 달라진다. 그런 하루가 모여 성공하는 삶이 된다" 어떤가요? 이 책이 일기를 에세이로 바꾸는 걸 목표로 하고 있기에 이 부분을 읽고선 또다시 형광펜 모드로 두꺼운 밑줄을 그었습니다.

이런 경우가 잦다 보니 '어떤 책에서든 내가 도움을 받을 수 있구나'라는 걸 깨닫게 됐어요. 따라서 세상의 모든 책은 아주 작은 것이라도 내게 도움이 되기 마련이란 걸 알려드리고 싶어요. 그러니 책을 많이, 자주 읽으면 더 좋겠죠? 쓰고자 하면 읽는 수밖에 없습니다.

15

글을 쓰다 중간에
포기하지 않는 방법이
궁금해요

글을 쓰다가 막막해질 때면 중간에
포기하거나 마무리를 짓지 못합니다.
이런 습관을 바꿀 수 있는 방법이 있나요?

솔직히 저도 아직 이 습관을 완전히 벗어버리진 못했습
니다. 여전히 글을 쓰다가 어두운 터널을 만난 것처럼
막막해지곤 해요. 제 경우에는 청탁을 받은 글 같은 에
세이에서는 정도가 덜하지만 소설을 쓰는 과정에서는
자주 이러더라고요. 그래서 제 노트북에는 쓰다 만 소
설이 굉장히 많지요. 언젠가는 꼭 완성하고 싶은데 다시
이어가기가 참 쉽지 않습니다.

이렇게 해보면 어떨까요? 일단 마감이 정해진 글이라면
쓰기를 좀 일찍 시작하는 겁니다. 중간에 막힐 걸 예상
하는 거죠. 일단은 쓰고 또다시 막막해지면 과감히 쓰기
를 멈춥니다. 쓰다 만 문서를 아무리 노려본다 한들 글
이 써질 리 없습니다. 그래도 아직 마감 기한이 남아 있
으니 다행입니다. 저는 써지지 않을 땐 끙끙거리면서 어

떻게든 쓰라고 하고 싶지 않아요. 차라리 밖에 나가서 좀 걷다 오는 게 훨씬 도움이 됩니다. 이게 바로 환기예요. 의자에서 엉덩이 떼는 게 왜 그렇게 힘든지 모르겠지만 그만큼 효과는 확실해요. '오늘 되게 안 써지네' 하면서 퇴근하는 길 지하철역으로 걷는 중 아이디어 세 개가 연달아 떠오를 때도 있었어요. 이때는 귀찮음을 물리치고 반드시 휴대전화 메모장을 열어 적어둡니다. 아이디어가 떠오르지 않을 때 걷기를 추천하는 경우는 꽤 흔합니다. 일반적이라고 할 수도 있지만 그만큼 효과가 좋다는 거겠죠.

막막해지면 포기하고 다음에 다시 쓰세요. 빠르게 포기하는 것도 하나의 방법이에요. 질질 끌고 있어봤자 마음에 드는 결과물이 나오긴 힘들어요. 술술 써지지 않는다는 건 그만큼 내 안에 확신이 없는 글감과 스토리 라인일 수 있어요. 제대로 끝까지 쓸 수 있는 자신이 생길 수 있는 글감을 다시 찾든가, 지금 당장이 아니어도 된다면 과감히 삭제하고 처음부터 다시 쓰세요. 글 쓰는 사람이라면 누구나 내 앞에 커다란 시멘트벽이 탁 가로막고 있는 듯한 느낌을 받을 때가 있어요. 그럴 때 그 벽을 노려보면서 '네가 무너지나 내가 넘어가나 해보자' 하지 마시고 그 벽을 살짝 돌아 (노트북을 덮고) 밖으로 나가세요. 아니면 아무 책이나 펼쳐서 읽어보세요. 쓰기를 멈추고 읽기를 시작하세요. 그 어떤 책이라도 상관없습니다. 지금 쓰는 글과 관련 없을수록 좋아요. 뭐든 지금 하던 것과 별개의 딴짓을 하는 거예요. 환기! 쓰기가 막막해질 때 상황이나 분위기 전환만큼 중요한 건 없어요.

91

다 쓴 글을 다시 읽어보는
과정이 꼭 필요할까요?

저는 글을 완성하고서 다시 읽어보는 것을
죽어도 못하겠더라고요.
이 과정이 반드시 필요할까요?

아니 무슨 말씀이세요. 당연히 읽어봐야죠! 글을 완성하
고 다시 읽어보는 과정을 뺀다는 것은 된장찌개에 재료
를 다 넣고 간을 안 보는 것과 같아요. 음식을 만드는 과
정에서 간을 안 본다는 게 가당키나 한가요? (저희 엄마
는 가끔 "맛있어? 엄마는 간도 안 봤다"라고 자신감 넘치는 멘
트를 날리곤 하시지만요) 이 과정은 반드시 필요합니다. 때
로는 죽어도 하기 싫다 싶을 만큼 다시 읽기가 힘들 때
도 있어요. 저는 이것을 책 만드는 과정에서 퇴고할 때
엄청 강력하게 느꼈어요. 온라인에 올리는 글은 바로바
로 수정이 가능하기 때문에 이 과정을 좀 느슨하게 생각
할 수도 있지만 인쇄하면 끝인 출판물은 다르거든요. 저
또한 퇴고하면서 제 글을 처음부터 다시 읽어보는 게 너
무 힘들더라고요. 책 한 권 분량의 원고가 좀 많던가요?
더구나 이 이야기는 제가 썼기 때문에 이미 다 아는 얘

기예요. 그러니 설레거나 궁금하지도 않아요. 그런데 책한 권을 처음부터 끝까지 서너 번은 반복해서 읽어야 하고 대충 읽어서도 안 됩니다. 아주 꼼꼼히 읽어야 해요. 그 어느 때보다 촉각을 세우고 눈에 불을 켜고 읽어야 해요. 퇴고를 누가 좀 해줬으면 좋겠는데 제가 쓴 글인데 누가 퇴고를 하나요? 담당 편집자와 번갈아가며 읽긴 하지만 그 책은 제 이름을 걸고 나오는 책이지, 편집자의 책이 아니기 때문에 결과적으로 스스로 세심하게 챙기지 않으면 안 되는 거죠.

그런데 읽는 과정에서 내가 쓴 글을 내 입장에서만 바라보면 안 됩니다. 즉, 독자의 시선에서 글을 읽어봐야 하는 거죠. 나는 아는 얘기라서 대충 설명하고 넘어간 것도 독자는 모르는 이야기니까 다시 설명하는 과정이 필요합니다. 다시 읽을 때 이런 걸 챙겨야 해요. 이다혜 기자가 쓴 『처음부터 잘 쓰는 사람은 없습니다』에서도 퇴고에서 '알고 있음의 수정'을 강조합니다.

"퇴고를 할 때는 '남의 시선으로 읽기'가 중요하다. 글을 쓰는 입장에서는 충분히 알고 있는 소재에 대해 쓰고 있으므로, 행간에 생략한 내용도 자동으로 내적 재생해가며 읽는다. 그렇게 본인 글을 본인의 마음으로 읽으면 백번 읽어도 수정이 어렵다. 심지어 맞춤법을 잘못 알고 있는 경우 특정한 오타만 반복해 쓰는 경우도 있다."

글을 쓸 때는 몰랐던 것을 퇴고 과정에서 발견하면 거기서 오는 쾌감도 있어요. 그리고 커다란 안도가 밀려오지요. 아, 이걸 모르고 그냥 인쇄했으면 어쩔 뻔했어! 그때라도 알게 돼서 얼마나 다행인지…. 어쨌거나 퇴고하는 과정을 절대 귀찮아하지 마세요. 여러 번 읽어볼수록 더 나은 글이 완성됩니다.

17

새벽 감성에서 벗어나
세련된 글을 쓰려면
어떻게 해야 할까요?

Q

새벽 감성에 취해 글을 썼다가 다음 날 아침에 보고는 손발이 오그라듭니다. 감정을 절제하며 세련되게 표현하는 법이 궁금해요.

이 고민에 대해서는 해답이 아주 명확하죠. 바로 '새벽에 쓰지 않는다!' 죄송합니다. 참 무책임했네요. 아닌 게아니라 저도 이런 경험을 한 적이 당연히 있습니다. 새벽에 쓰지 않으면 된다고 했지만 글이 잘 써지는 때가새벽인걸요! 그렇죠? 저도 다음 날 출근 안 하는 금요일새벽이면, 책을 읽다가 뭔가가 쓰고 싶어져 노트북을 켤때가 있는데 희한하게 글이 잘 써지는 때가 있어요. 사실 그걸 그대로 블로그에 올린 적도 많았지만 별로 추천하고 싶진 않습니다. 이유는 아시는 것처럼 너무 감성적인 글이기 때문이죠. 이럴 때는 글을 쓰되 어딘가에바로 업데이트를 하지 마시고 원고 자체로 그냥 남겨두는 거예요. 글을 썼다는 것에 의미를 좀 두고요. 뚜껑은닫아놓는 거지요. 그런 다음 하루가 지나도 좋고 이틀이 지나도 좋아요. 시간이 좀 흐른 뒤에 다시 열어보는거예요. 그러면 새벽에 썼던 그 글이 있는 그대로 즉, 감성 필터를 끼지 않은 내 눈에 바로 들어오게 됩니다. 그때 '에잇!' 하면서 글을 삭제해버리면 안 되고 수정을 시작하는 거죠. 새벽에 썼다고 해서 그 글이 전부 이상하진 않을 거예요. 일부 거슬리는 표현이 좀 있을 뿐이지 탁월한 글일 수도 있는 거죠. 그러니까 그런 부분을 수정해보세요. 이때 고치는 과정에서 오는 뿌듯함이 또 있어요. 더 좋은 표현을 찾고 적확한 단어를 찾아보는 거죠. 이걸 귀찮다고 생각하지 말고 한 편의 좋은 글이 나오기까지의 당연한 과정이라고 생각해보세요. 음, 아니면 일종의 루틴으로 정해도 괜찮겠네요. 나름의 규칙을 정해놓는 거죠. '나는 새벽에 쓴 글은 절대 바로 공개하지 않는다. 2~3일이 지난 후 꼭 수정을 한다' 이렇게요. 작가들마다 각자의 방식으로 글을 쓰지만 이 부분은 비슷하지 않을까 싶어요. 누군가는 이 과정을 '글을 숙성시킨다'라고 표현했어요. 너무 오래 묵히면 시기와 맞지 않아 어설픈 글이 될 수도 있으니 시간은 하루 이틀이 좋고 수정하는 시간대는 밤보다 아침이나 낮이 낫습니다. 밤에 썼던 글을 똑같은 시간에 수정한다면 글쎄요…. 별로 수정할 구석이 안 보일지도 몰라요.

18

사람들에게 울림을 주는
문장을 쓰는 팁을
알려주세요

Q

밋밋하지 않은 문장, 눈에 띄는, 사람들 마음에 울림을 주는 문장을 만드는 팁을 살짝만 공개해주실 수 있나요?

A 눈에 띄는 문장을 만드는 데 대단한 능력이 필요한 건 아닙니다. 제가 카피를 쓰면서 나름대로 정리한 결과 사람들의 시선에 탁 하고 걸릴 수 있는 문장은 사소한 디테일을 챙길 때 나오곤 해요. 여기서 핵심은 남들이 쓰는 문장을 비슷하게 쓰면 절대 안 된다는 거죠. 즉, 진부한 표현을 쓰지 않는 것입니다. 멋지고 수려한 문장에 사람들이 관심을 갖기도 하지만 보통은 타인이 내 이야기를 해줄 때 사람들은 그 글에 집중합니다. 그러니까 눈에 띄는 글은 거창하게 잘 쓴 글보다는 거짓 없이 솔직하게 써 내려간 글이라는 거죠. 그렇다면 솔직한 글은 쓰기 쉬울까요? 답은 '아니오'입니다. 사실 솔직한 글쓰기는 한번 마음을 딱 잡고 내 속내를 별로 친하지도 않고 잘 모르는 제3자에게 들려준다는 식으로 써봐야 합니다. 나를 잘 아는 사람에게 이야기하는 건, 날 알고 있

다는 전제 아래 있기 때문에 빼고 싶은 건 빼는 경향이 있어요. 하지만 잘 모르는 사람에게는 사소한 것까지 설명해줘야 그 사람이 내 상태, 내 기분을 이해해주잖아요. 그런 것처럼 '나는 당신과 다르지 않다'라는 뉘앙스로 자신의 속내를 가감 없이 써보는 연습을 해보세요. 쓰다 보면 '내가 왜 이런 것까지 쓰고 있지?'라는 생각이 들 때도 옵니다. 하지만 그 단계를 뛰어넘어야 한다고 생각해요. '그런 것'까지 써보는 겁니다. 그렇게 보통의 감정, 보통의 상황, 보통의 기분을 이야기할 때 사람들은 공감합니다. 거기서 마음에 울림을 주는 문장이 나오는 거지요.

어려운 말을 남발하고 전문용어를 섞어서 쓰면서 있는 체하는 글이 과연 사람들의 마음을 움직일 수 있을까요? 물론 그런 글에 매력을 느끼는 분들도 있을 테지만 우리가 이 책에서 얻고자 하는 건 그런 전문 서적을 쓰는 게 아니기 때문에 우리는 일반 사람들이 하는 말을 글에 써줘야 하는 거예요. 그러려면 어떤 연습이 필요할까요? 그렇습니다, 바로 관찰입니다. 마케팅 전문가인 버나뎃 지와는 이런 말을 했습니다.

"식사를 하다 미간을 찌푸리는 어떤 이의 얼굴, 가게 문을 박차고 걸어 나가는 고객의 뒷모습, 아침 출근 전 가방 안에 챙겨넣는 물건 등. 사람들이 하루를 시작하는 방식만 잘 살펴도 통찰을 얻을 수 있다."

즉, 사소한 상황을 눈여겨보세요. 거기서 사람들의 마음을 울리는 공감이 탄생하고 눈에 띄는 문장이 나옵니다. 위의 문장이 마케팅에만 적용된다고 생각하시나요? 절대 그렇지 않습니다. 사람 사는 이야기를 쓰는 작가라면 당연히 사람을 관찰하는 게 맞습니다. 그런데 우리는 이 과정을 쉽게 무시하고는 '글이 안 써진다, 글감이 없다'라고 신세 한탄만 하죠. 때로는 내가 관찰한 사람, 상황을 문장으로 나열만 해줘도 하나의 글이 완성될 수 있습니다. 거기에 자신의 의견을 어떤 식으로 넣느냐에 따라 작가의 색깔이 입혀지는 거겠죠.

저는 『며느라기』를 쓴 수신지 작가의 만화를 참 좋아합니다. 인스타그램 계정을 팔로우하고 만화를 보기도 하는데 볼 때마다 '정말 관찰을 많이 하시는구나'라는 걸 느껴요. 어떤 부분이냐면 주인공이 아닌 주변 인물을 그린 것에서 감지할 수 있어요. 그 주변 인물이 입은 옷, 쓴 모자, 들고 있는 휴대전화, 가방 등을 보면 오늘 아침에도 제가 아이 어린이집 등원시킬 때 봤던 사람이 거기 있는 거예요. 보통 사람의 삶 속에 있는 진짜 인물들을 그려줬기 때문에 그냥 지나칠 수 없고 계속해서 보게 되는 거죠. 물론 내용도 탁월하지만 그런 디테일에서 '정말 잘하는 사람은 다르구나'라고 무릎을 탁 칩니다. 글로 따지면 이게 바로 밋밋하지 않은, 눈에 띄는 문장 아닐까요? 멋진 문장을 쓰려고 애쓰기 전에 주변을 관찰하는 것부터 시작해보세요. 어릴 때 관찰일기 쓴 기억나세요? 주로 곤충이나 식물을 보고 기록하는 거였죠. 이제는 나만의 관찰일기를 써보세요. 오늘 출근길에서 마주친 인물, 점심시간에 벌어졌던 별일 아닌 상황을 써보는 거예요. 때로는 단어 몇 개로도 쓸 수 있고 때로는 아주 긴 문장이 될 수도 있겠죠. 나중에 이것들을 꺼내 써먹는 거예요. 겉모습을 관찰하다 보면 그 사람의 내면까지 궁금해지는 시기가 오는데 그때는 시간을 충분히 갖고 깊은 생각에 빠지는 연습을 시작하는 거예요. 그렇게 관찰한 대상에 대해 글을 쓰다가 생각을 적는 것으로 이어지면 글은 점차 나아져요.

19

에세이 책을 내려면
어떤 경로가
가장 좋을까요?

어떻게 하면 내 이름으로 된 책을
낼 수 있나요? 책을 낼 수 있는 방법을
알려주세요.

제가 책을 낸 경로를 먼저 알려드릴게요. 한때 저희 회
사에는 일 년 동안 개인이 책임감 있게 작업할 수 있는
프로젝트를 하나씩 정해 시도해보는 제도가 있었어요.
연말에는 이것이 평가의 지표 중 하나가 될 거라고 했습
니다. 제 기억에 모든 직원의 프로젝트 성과를 평가한다
는 개념보다는 목표를 정하고 그걸 이뤄내는 과정을 지
켜보려는 듯했어요. 당시 저희 팀장님과 이 부분에 대
해 이야길 나누던 중 일 년이면 짧지 않은 기간인데 내
가 재미있게 꾸준히 잘할 수 있는 걸 해야 승산이 있겠
단 생각에 이르렀어요. 그렇게 몇 가지 프로젝트를 구상
하다가 제가 육아휴직에 들어가기 직전 직원들 앞에서
했던 마지막 PT를 떠올렸습니다. 하나의 주제를 정해서
발표하는 식이었는데, 저는 회사에 단 한 명뿐인 카피라
이터니까 제가 카피 쓰는 방식에 대해 자료를 정리해 발

표했어요. 그 방법 중 독특한 게 소설을 응용해서 쓰는 거였는데 이게 어쩌면 흥미로운 주제가 될 수도 있겠단 생각이 들더라고요. 그렇다면 그 주제를 가지고 연재 방식으로 계속 에피소드를 늘려가다 보면 어떨까라는 아이디어를 냈고 어디에 연재할까 고민하던 중 팀장님의 권유로 브런치를 시작하게 됐어요. 브런치는 누구나 쓸 수 있는 채널은 아니고 담당자의 승인이 있어야 가능했는데, 다행히 저는 합격했고 그때부터 '소설로 카피 쓰기' 연재를 시작하게 된 것이죠.

일주일에 한 번씩으로 주기를 정해놓고 같은 요일에 꾸준히 업데이트했습니다. 구독자가 하나둘 늘기 시작했어요. 당시만 해도 '구독자가 100명만 되도 소원이 없겠다'라고 생각했는데 지금은 12,500명가량 되네요. 그렇게 1년 이상 연재를 꾸준히 이어갔고 어느 날 댓글 창에 21세기북스 편집자가 출판을 제안하는 글을 남겼습니다. 정말 뛸 듯이 기뻤어요. 사실 출간 제안에 대한 기대를 안 했던 건 아니지만 갑작스럽게 제안을 받으니 무척 기쁘더라고요. 그렇게 담당 편집자와 미팅을 하고 일이 순조롭게 진행돼 『문장 수집 생활』이 세상에 나오게 되었습니다. 간단한 이야기를 꽤나 거창하게 한 것 같아 민망하네요.

최근 출판사 편집자들이 가장 많이 보는 플랫폼 중 하나가 '브런치'입니다. 편집자를 위한 공간이라 할 만큼 양질의 콘텐츠가 많죠. 이미 꽤 많은 콘텐츠가 책으로 출판되기도 했고 베스트셀러 자리를 차지하기도 했습니다. 이쯤에서 제가 하고 싶은 말은, '어서 빨리 브런치를 하세요!'가 아니라 글을 꾸준히 쓰라는 겁니다. 즉 연재 방식을 취해서 일주일에 요일을 정해놓고 어딘가에 계속, 지속적으로 노출하세요. 그게 브런치가 됐건 블로그가 됐건 페이스북이나 인스타그램, 트위터가 됐건 매체는 크게 상관이 없습니다. 본인의 글에 가장 잘 어울리는 창구를 고르면 돼요. 획기적인 아이템이 생겨서 게시물을 하나 올리고 2, 3주 동안 잠잠하면 의미가 없습니다. 일단 책이라는 건 원고가 있어야 하기 때문에 편집자들은 콘텐츠의 신선함, 기발함, 독특함도 보지만 원고의 분량도 따집니다. 에세이라는 건 장편 소설이 아니기 때문에 여러 꼭지가 있어야 한 권의 책이 되잖아요. 편집자들이 읽어보고 이 저자에 대해 고민해볼 수 있을 정도의 원고가 있어야 된다는 거죠. 이런 이야기들은 사실 제 생각만 쓴 건 아니고, 책 작업을 하면서 만난 여러 편집자들의 이야기에서 나온 거니 신뢰하셔도 좋아요.

그밖에도 다양한 경로가 있습니다. 원고를 출판사에 투고하는 방법이 있고 공모전을 활용하는 방법도 있겠죠. 그리고 직접 출판하는 독립출판도 있어요. 요즘에는 독립출판물을 다시 메이저 출판사에서 재출판하는 경우도 많아요. 많은 편집자들이 사람들의 손을 타지 않은 보석을 발굴하는 심정으로 독립출판물을 본다고 합니다. 소설과 달리 에세이는 독자들이 많이 공감할수록 잘 되는 콘텐츠가 될 수 있기 때문에 일단 어딘가에 노출된 결과를 가지고 편집자들이 판단할 확률이 커요. 어딘가에 노출하지 않고 원고를 잔뜩 써서 쟁여놓기보다는 하나둘씩 사람들에게 보여주고 반응을 관찰하는 게 내 책을 보다 빨리 출간할 수 있는 지름길이 되겠죠?

20

책을 내고 가장
좋은 점은 뭐예요?

Q

책을 출판하고 나서 달라진 점은
어떤 것이 있는지 궁금합니다.

A 책이 나온 뒤 가장 좋은 점을 꼽으라면 단연 또 다른 책
을 쓸 수 있다는 점을 꼽겠습니다. 물론 인세, 빼놓을 수
없죠. 책을 내기로 편집자와 이야기를 마치고 계약서를
쓴 다음 아직 글을 쓰기도 전인데 받는 계약금(이 계약금
은 선인세이고 보통 100만 원을 받습니다. 선인세가 없는 출판
사도 있으니 참고하세요)은 정말 달콤하기 짝이 없죠. 말
그대로 공돈 같은 거니까요. 어떤 작가님들은 계약금을
받는 게 미안하고 두려웠다고 하던데 저는 너무 감사하
게 냉큼 받았습니다. 저라고 부담이 없을 리 없지만 계
약금을 받음으로써 더 책임감 있게 쓸 수 있기도 했어
요. 돈을 받았으니 빼도 박도 못하는 거죠. 돈 이야기는
이쯤에서 그만두기로 하고.

책을 낸 다음 저에게는 크고 작은 변화가 있었습니다.

29CM 에디터로서 낸 첫 번째 책은 『사물의 시선』이라는 에세이였는데, 사실 이 책은 별다른 이슈를 만들진 못했어요. 가장 큰 이벤트는 어느 라디오 프로그램에서 제 책의 한 꼭지를 주제로 약 30분 정도 이야기를 나눈 것과 럭셔리 잡지에서 원고 청탁을 받은 정도였습니다. 그로부터 약 4년 뒤에 나온 『문장 수집 생활』은 확실히 달랐습니다. 일단 세일즈 카피와 일상 글쓰기에 관한 가이드북의 성격이 있어서 많은 독자들이 읽었어요. 책이나 제 업무와 관련된 북토크, 강연, 강의 등이 잇달아 생겼습니다. 처음에는 다소 어리둥절했지만 정신 차릴 새도 없이 이 모든 걸 수락하고 수행하기 바빴지요. 『문장 수집 생활』 출간 후 일 년은 정말 바쁘게 지냈던 것 같아요. 때로는 '아, 그만하고 싶다' 할 정도로. 그도 그럴 것이 일주일에 두어 번은 퇴근 후 강의를 하고, 반차를 내고 도서관 같은 관공서나 다른 회사의 사내 직원을 상대로 강연을 했습니다. 강의를 할 때 필요한 자료를 주말, 휴일 할 것 없이 만들었습니다. 그러고 보니 팟캐스트에도 출연했었네요.

숫기가 없어 남들 앞에서 입도 벙긋 못하던 제가 팔자에도 없는 강의를 하러 다닌다며 스스로 놀라고 의아해하던 중에도 다양한 제안은 끊이질 않았습니다. 그중 가장 반가웠던 제안은 당연히 다음 책을 출간하자는 것이었습니다. 저는 책을 좋아하고 글을 잘 쓰고 싶은 사람이다 보니 편집자들의 메일이 가장 반갑고 설레더군요. 다른 무엇보다 글로써 인정을 받은 기분이었으니까요. 가장 놀라웠던 건 제 강의를 출판사 편집자들이 종종 들으러 왔다는 거였습니다. 더 열심히 써야겠단 생각밖에 안 들었어요. 출판사 편집자와 미팅을 하고 새로운 책을 기획하는 일은 재미있고 즐거웠습니다. 회사 일 짬짬이 글을 쓰다 보니 한편으로는 회사 업무에서 오는 스트레스를 글로 풀었던 것 같아요. 회사에서 해소하지 못했던 것을 책에서 풀어낸 느낌이랄까? 그렇게 또 하나의 책이 완성되고 세상에 나오면 다른 출판사에서 이번엔 이런 책을 만들자고 제안해왔습니다. 한번은 한 대형 출판사에서 두 명의 편집자가 출간 제안을 한 적도 있었습니다. 그곳은 규모가 커서 다른 팀에서 어떤 작가를 접촉하는지 알 수 없어 생긴 해프닝이었습니다.

여러 권의 책을 썼고 아직 써야 할 몇 권의 책들도 남아 있습니다. 잘 써야 된다는 부담감도 없지 않지만 나에게 써야 할 무언가가 있다는 것조차 저는 즐겁고 행복해요. 글 쓰는 사람에게 책은 댄서의 무대와도 같기 때문에 설 자리가 있다면 주저 않고 쓰고 싶은 마음뿐입니다. 저 스스로도 책을 한 권 한 권 쓰면서 더 나아지는 실력을 증명받고 싶거든요. 다만 무리해서 욕심 부리지 않고, 한 권의 책을 완성할 때 더 완벽하게 천천히 꼼꼼히 성 실하게 쓰고 싶단 바람이 커졌어요. 늘 지금처럼 쓸 수 있는 지면이 나에게 허락된다는 것에 감사하고, 더 나은 책을 쓰고자 고군분투해야겠다고 다짐했습니다.

참고도서

— 『미스테리아 24호』 편집부 지음 | 엘릭시르 | 2019년 05월

— 『다가오는 말들』 은유 지음 | 어크로스 | 2019년 03월

— 『처음부터 잘 쓰는 사람은 없습니다』 이다혜 지음 | 위즈덤하우스 |
2018년 10월

— 『아들 엄마 좀 나갔다 올게』 신혜영 지음 | 유노북스 | 2018년 09월

— 『페터 비에리의 교양 수업』 페터 비에리 지음 | 문항심 옮김 | 은행나무 |
2018년 5월

— 『동화 쓰는 법』 이현 지음 | 유유 | 2018년 02월

— 『타이탄의 도구들』 팀 페리스 지음 | 박선령, 정지현 옮김 | 토네이도 |
2017년 04월

일기를 에세이로 바꾸는 법

초판 1쇄 발행 2020년 6월 22일
초판 5쇄 발행 2024년 4월 25일

지은이 이유미
펴낸이 최순영

출판1 본부장 한수미
라이프 팀
디자인 조은덕

펴낸곳 ㈜위즈덤하우스 **출판등록** 2000년 5월 23일 제13-1071호
주소 서울특별시 마포구 양화로 19 합정오피스빌딩 17층
전화 02) 2179-5600 **홈페이지** www.wisdomhouse.co.kr

ⓒ 이유미, 2020

ISBN 979-11-90786-79-9 03800